DOMAINE FRANÇAIS

PROFANES

Le lecteur trouvera
la liste des ouvrages de Jeanne Benameur
en pages 281-282

ISBN 978-2-330-01428-5

ISBN 978-2-7609-0876-5

JEANNE BENAMEUR

Profanes

roman

ACTES SUD / LEMÉAC

à Oscar Z
à Antoine C

Ils sont là, derrière la porte. Il ne faut pas que je rate mon entrée.

Maintenant que je les ai trouvés, tous les quatre, que je les ai rassemblés, il va falloir que je les réunisse. Réunir, ce n'est pas juste faire asseoir des gens dans la même pièce, un jour. C'est plus subtil. Il faut qu'entre eux se tisse quelque chose de fort.

Autour de moi, mais en dehors de moi.

Moi qui n'ai jamais eu le don de réunir qui que ce soit, ni famille ni amis. À peine mon équipe à la clinique, parce qu'ils y mettaient du leur. Je leur en savais gré. Ce n'est pas la même affaire dans une clinique, les choses se font parce que sinon c'est la vie qui part. Ce n'est pas autour de moi qu'ils étaient réunis, c'était contre la mort. Et ça, c'est fort.

Là, j'ai su tenir ma place.

J'ai quatre-vingt-dix ans. J'ai à nouveau besoin d'une équipe.

Il faut que ces quatre-là, si différents soient-ils, se tiennent. Pour mon temps à venir. Je m'embarque pour la partie de ma vie la plus précieuse, celle où chaque instant compte, vraiment. Et j'ai décidé de ne rien lâcher, rien.

Les quatre, là, derrière la porte, je les ai choisis avec soin, tant que ma conscience est aiguë. Pas question qu'on me colle n'importe qui pour s'occuper de ma carcasse quand il sera trop tard pour choisir. J'ai encore toutes mes facultés intellectuelles et physiques, même si le corps fatigue trop vite, regimbe et pousse trop la douleur dans les articulations. Je n'ai pas besoin d'eux aujourd'hui, mais j'ai toujours su anticiper.

C'est ce qui a fait de moi un bon chirurgien.

Un bon chasseur aussi.

Un paradoxe, oui, il a toujours fallu une once de mort dans ma vie.

Les bêtes tuées en plein élan, c'était mon tribut à payer. Juste "redonner la vie" à des patients, ç'aurait été se prendre pour Dieu. La chasse, c'était ma façon de garder l'équilibre. Je n'y prenais pas vraiment de plaisir. Je buvais avec les autres après, je festoyais aussi. Et je retournais à la clinique.

J'ai arrêté la chasse le jour où je n'ai plus opéré.

Depuis j'ai eu le temps de réfléchir, de décider. Pas de pourriture dans le vivant, alors pas d'arrêt. C'est l'arrêt du désir qui fait le nid à tout ce qui crève. Plus d'élan, plus de vie.

Et moi je veux vivre. Pas en attendant. Pleinement.

J'ai trop vu comment ça se passait pour ceux qu'on appelle "les patients". C'est dans les chairs aussi, leur "patience". C'est cette "patience" que j'ai essayé d'extraire chaque fois que j'opérais. Cette patience-là n'est pas une vertu, quoi qu'on en dise. J'y ai mis toute ma science de bon chirurgien.

Ça ne suffisait pas pour en faire des vivants.

Juste des guéris.

Je les voyais revenir pour leurs contrôles. Ils s'étaient déjà fait reprendre par leur vieille patience. Oh souvent bien douce en apparence : une épouse, un père, un enfant… allez savoir comment on s'y prend pour retourner la médaille et faire de la mort avec du vivant ! Ils étaient repris dans le mou, le gris, le bon terne familier qui gomme les aspérités. Quand la vie la mort c'est tout comme, il n'y a plus rien à craindre, finalement, une sorte de confort, la vie s'éteint au creux de chaque jour de chaque nuit, alors on peut y aller, les yeux fermés d'avance. Au revoir docteur !

Je connais la musique. Marche funèbre sous couvert d'élégie, non merci ! À mon âge je ne peux pas me permettre.

Je veux des couleurs franches. C'est le printemps. C'est mon anniversaire. Je suis né au mois de mai, le mois des fleurs, le mois où on sent bien que les jours prennent la lumière plus longtemps. On peut rêver à l'été.

Pour mes quatre-vingt-dix ans je m'offre une équipe pour la vie. Une drôle d'équipe.

Et mon notaire a beau me mettre en garde, je sais ce que je fais. Oui, ma maison est pleine de choses précieuses… et vendables ! Et oui, ils auront chacun une clef et une chambre et ils pourront s'en servir à leur guise en dehors de leurs heures de service. Et alors ?

Il m'a dit Mon cher Octave vous faites entrer les loups dans la bergerie. "Les loups dans la bergerie", quelle expression ! J'ai mis presque un an à les trouver, ces quatre-là. Et j'en ai vu, du monde. Je les ai reçus moi-même, tous ceux qui avaient répondu à ma drôle d'annonce. Dans mon cabinet, en bas. Et j'ai retrouvé tout ce que je croyais avoir perdu : le sens de la peau, du regard, de la chaleur ou du froid d'un corps sans même le toucher, juste assis là, à mon bureau, et eux en face. Rien que cette sensation aiguë de connaître quelqu'un par tout ce qu'il émet à son insu, animal, c'était un bonheur. Toutes mes perceptions aiguisées à nouveau. Oui, un bonheur retrouvé.

Ces quatre-là, ils me vont. Du mouvement qui n'attend que le déclic, ils en ont, et du fort. Je sais flairer ça.

Entre eux et moi, ça passe.

J'ai voulu être seul pour les recevoir. Comme j'ai été seul pour les choisir. Mon cher notaire a proposé de m'assister. Il tient à protéger mes intérêts mais je crois surtout que c'est sa curiosité qui est avivée. J'ai refusé bien sûr.

Je suis le maître de maison et j'entends le rester. Je compte aussi sur elle, la maison, pour m'aider à les réunir. Il y a encore un peu de l'esprit de Claire dans ces murs. C'est bien.

Et s'il y a un loup dans cette bergerie, depuis longtemps, c'est moi.

J'ai poussé la porte. Trois femmes dans mon grand salon, ça faisait longtemps… Elles ne m'ont pas entendu, je n'ai pas pris ma canne. Je profite du moment, suspendu, pour les contempler.

La petite Béatrice assise, la tête tournée vers le jardin, les cheveux relevés, la nuque droite. Yolande, debout, les mains appuyées ferme au dossier d'une chaise, bras tendus, le regard au sol. Et Hélène, accoudée à la cheminée, comme un oiseau sur un pied, fine, à peine posée. Aucune ne parle et cela renforce mon sentiment d'être face à un tableau.

Le quatrième, comme s'il avait senti ma présence, est entré par la porte-fenêtre du jardin. Son arrivée met tout en mouvement. Puisqu'il s'avance vers moi, elles me voient.

Béatrice s'est levée, a tiré sur sa robe, un geste qui me fait sourire. Comme si à cet âge on avait besoin de cacher ses jambes !

Elles s'approchent toutes les trois ensemble et je repense au jour extraordinaire où un groupe de biches, quatre cinq peut-être, est venu vers moi, en forêt, quelques pas très lents avant de sentir le chasseur, se retourner d'un même mouvement et s'enfuir.

La grâce de leur approche, c'était ce frémissement retenu dans tout le corps. J'étais fasciné. Elles aussi.

Je souris aux trois femmes, leur désigne les fauteuils installés par Mme Lemaire, ma gouvernante. Elle aurait bien aimé rester, elle aussi, pour les voir, je le sais. Elle tournicotait dans la maison, ne se décidait pas à partir. Je lui ai fermement conseillé de ne pas se mettre en retard. Elle a compris. Mme Lemaire est une perle. C'est elle qui s'occupe de la maison depuis des années. Mon idée d'y faire entrer quatre inconnus ne lui plaît pas plus qu'à mon notaire, évidemment.

Elle a fait claquer la portière de sa petite voiture au bas des marches du perron, sa façon de me signifier sa désapprobation. J'ai souri. C'est bien, ça ne dure que le temps d'un claquement de portière. Demain, quand elle reviendra, elle me dira comme d'habitude Alors monsieur, la nuit a été bonne ? et je répondrai Parfaite, madame. J'ai relu l'Ecclésiaste. C'est notre plaisanterie du matin. Je dors peu, je lis. La première fois que je lui ai fait cette réponse elle a demandé :

— Les quoi ?

— L'Ecclésiaste. Avec un *l'*. C'est un des livres de l'Ancien Testament.

— Mais je croyais que la messe et tout ça, vous n'en aviez rien à faire…

— Eh bien je ne vais pas pour autant me priver de lecture intéressante, chère madame. Il n'est pas nécessaire d'être religieux pour apprécier ces textes. Ils sont à tout le monde, non ?

Elle était restée silencieuse mais au moment de partir, elle m'avait demandé "Quand même, à quoi ça vous sert de lire ça ?"

J'avais répondu "Bonne question, je ne sais pas… peut-être à oublier les horloges… peut-être juste à réfléchir…"

Elle n'avait pas haussé les épaules comme quand je lui fais des réponses sibyllines et que ça l'agace. Elle était partie sans rien ajouter. J'aime les silences de Mme Lemaire. L'Ecclésiaste est entré dans notre rituel du matin par cette porte-là.

Comme je le fais avec elle depuis des années, j'appellerai chacun des quatre monsieur madame ou mademoiselle. Ils feront de même. Leurs prénoms, c'est pour mon jardin secret. Leurs visages, leurs corps m'accompagnent déjà depuis un moment. Tout seul ici, je me suis familiarisé avec eux. J'ai pensé tantôt à l'un tantôt à l'autre. Je les ai imaginés, j'ai laissé peu à peu se creuser leur sillon dans ma vie. Leurs prénoms c'est pour moi tout seul.

J'aime l'intime. Pas le familier. Ils m'appelleront monsieur.

C'est dans la bonne distance qu'on peut aller loin et la bonne distance, elle commence avec ces petits riens. J'y tiens. Je joue assez serré pour être vigilant. J'accepte que chacun d'eux entre et sorte de chez moi à sa guise, avec sa propre clef, quelle que soit l'heure. Il faut savoir mettre les barrières au bon endroit. Moi, ce n'est pas dans le trou de la serrure que je les loge, c'est dans la bouche.

On m'a appelé docteur si longtemps. Cette barrière-là, elle me protégeait. Elle m'a pesé aussi parfois. Quand on a recommencé à m'appeler monsieur, le temps passant, puisque je n'exerçais plus, je me suis senti amoindri, dépouillé d'une part de moi. Et puis peu à peu j'ai apprécié la paix de glisser dans l'anonymat. Plus responsable de la vie de personne. Juste monsieur.

Aujourd'hui je suis redevenu docteur. Secret, pour moi tout seul. C'est ma propre vie que je veux sauver. Jusqu'au bout.

Ils se sont assis, tous les quatre. Hélène Avèle sourit. Juste les lèvres, pas le visage tout entier, ce drôle de sourire qui flotte, pour personne, qui m'a ému chez elle d'emblée. Un sourire qui m'invite à la parole, je ne sais pourquoi.

"Tout d'abord je vous remercie d'avoir un jour répondu à mon annonce. J'ai conscience qu'elle pouvait poser question... Vous le savez, j'ai pris mon temps pour choisir chacun de vous. Vous avez peut-être trouvé ce temps long mais j'aime prendre mon temps. Je suis heureux de vous voir tous les quatre ensemble ici en ma présence. Ce sera sans doute la seule fois puisque chacun de vous viendra désormais seul, pour une partie de la journée ou pour la nuit. Cependant, comme vous aurez chacun une clef et une chambre, vous serez peut-être amenés à vous croiser dans la maison... Vous choisirez vos chambres tout à l'heure. Elles sont au deuxième étage. J'ai réservé le premier à mes jambes moins alertes depuis quelques années."

Leur attention aiguise la mienne. Yolande, la bouche légèrement ouverte, a l'air de l'élève laborieuse qui ne veut pas perdre un mot du maître. Béatrice a retrouvé cette posture que je lui ai vue dès notre premier entretien, tendue, buste étiré. Marc a allongé les jambes, je vois la semelle de ses chaussures, souples, confortables, silencieuses. Ses bras reposent sur les accoudoirs. Il a croisé les mains sur sa poitrine. Et Hélène écoute mais ses yeux sont sur le tableau, derrière moi.

"Vous serez sans doute amenés, le plus tard possible j'espère, à vous passer le relais pour un traitement ou un autre que je ne serai peut-être plus en mesure de contrôler moi-même, il est rare qu'on y échappe avec le grand âge. Il vous faudra alors communiquer les uns avec les autres. J'ai donc pensé qu'il serait bon que vous vous connaissiez déjà… je ne vais pas vous demander de vous présenter aux autres, nous ne sommes pas dans un séminaire d'entreprise, je le ferai moi-même, simplement, en suivant votre ordre d'arrivée quotidien dans la maison."

Ils ne se regardent pas mais pourtant quelque chose est en train de circuler, de l'un à l'autre. C'est mystérieux, les premiers liens. C'est ma voix qui les relie les uns aux autres, j'en suis conscient et cela me cause une sorte de joie, difficile à qualifier. Je les informe que ma journée commencera avec Marc Mazetti, l'homme du matin. Dès sept heures, il s'occupera de moi, quand je ne pourrai plus le faire aussi minutieusement qu'il convient. Pour le moment, ce sera rasage à l'ancienne, un plaisir que j'avais oublié, et l'entretien du jardin. Les essences rares demandent des soins avertis et elles sont nombreuses dans ce jardin. J'y tiens énormément. Cela déchargera Mme Lemaire qui fait le ménage de toute la maison et s'occupe de l'intendance et de mes repas. Je l'avertis qu'il la croisera forcément puisqu'elle vient chaque matin, qu'ensuite je déjeune seul, j'aime prendre mes repas avec un livre pour toute compagnie…

Dans le silence qui suit mon petit laïus, il glisse :

— Le jardin est extraordinaire, monsieur, mais j'aurai sûrement besoin d'aide au début… je vous avais dit que je n'y connaissais pas grand-chose.

— Je vous aiderai. Nous y ferons une promenade quotidienne puisque le temps est doux et je vous parlerai des plantes. J'ai aussi un herbier, avec chaque plante répertoriée. Il a été fait, en son temps, avec grand soin.

— Je pourrai peut-être l'emporter chez moi pour me familiariser avec tout ça ?

Ah on ne peut pas ravaler ses paroles ! Je devrais le savoir, pourtant. Il y a des zones intouchables. L'idée de la perte de l'herbier m'est insupportable. Une simple tache me serait difficile à accepter. Les mains de Marc Mazetti sont fortes, longues, les ongles nets, heureusement.

— Excusez-moi monsieur mais cet herbier ne sort pas de la maison. Je ne doute pas de votre soin mais j'y suis attaché d'une façon… très personnelle. Vous pourrez le consulter ici tant que vous voudrez.

— Comme vous voulez.

Il sourit, ne se force pas, ça va. Il accepte la donne. J'aime sa voix, basse, ferme, une voix apaisante, c'est rare. Je poursuis.

"Mme Hélène Avèle viendra me rejoindre à la maison de quatorze heures à dix-huit heures. Sa tâche sera plus éclectique. Madame est peintre et elle vient ici réaliser une commande que je lui ai passée…"

Le mot "peintre" a eu un effet immédiat : tous les regards ont convergé vers elle et elle a eu l'air embarrassé. J'ai enchaîné très vite :

"Mme Avèle est aussi une excellente lectrice et elle me fera la lecture de la presse. Je tiens à connaître l'état du monde dans lequel je suis plongé depuis si longtemps. Une vanité sans doute pour un homme qui n'y joue plus sa part mais bon… Pas de question particulière, madame ?"

Tout le temps où j'ai parlé d'elle, elle a discrètement frotté une cheville contre l'autre comme si les lanières de ses sandales la gênaient.

— Non, pas pour le moment.

— Très bien. Mme Yolande Grange prendra le relais jusqu'à vingt-deux heures et préparera mon dîner. Jusqu'à présent Mme Lemaire revenait pour cette tâche mais je sais que c'est un souci pour elle de refaire le trajet jusqu'ici. La maison n'est qu'à quelques kilomètres de la ville, mais elle habite à l'opposé et c'est l'heure des embouteillages… Mme Grange aura aussi en charge l'éclaircissement des placards de la maison, du grenier et de la cave. J'ai besoin qu'on fasse du net dans cette maison, du tri…

Yolande Grange s'est lancée, la voix brusque, tout le corps comme projeté en avant par le son :

— Monsieur, je préparerai le repas du soir mais qui fera les courses ?

— Mme Lemaire s'en chargera. Elle connaît mes goûts depuis longtemps et elle décide du menu. Elle a carte blanche de ce côté-là.

Elle hoche la tête. Je ne sais pas si elle est contente d'être débarrassée d'une tâche ou vexée d'être juste l'exécutante. Difficile de se rendre compte… Sa voix un peu rauque a empli la pièce d'un coup et quand elle se tait, ça fait une étrange sensation. Du vide mais ça vibre. Je sens encore cette vibration dans la pièce quand je reprends :

"Enfin Mlle Béatrice Benoît viendra pour la nuit. Quelqu'un doit être présent, à demeure comme on dit, la nuit aussi. Mlle Benoît fait des études d'infirmière. J'espère ne pas lui offrir trop de travaux pratiques. Elle repartira à sept heures vers sa journée."

Marc Mazetti a jeté un œil vers Béatrice et lui sourit. Elle ne s'en aperçoit pas. Sourcils froncés, une ride nette au milieu du front qui se creuse :

— S'il vous plaît, monsieur, j'ai besoin d'une précision.

— Oui ?

— Si je dors et que vous avez un malaise, comment pourrais-je vous venir en aide ?

Quand elle me parle, elle me regarde droit dans les yeux. Les autres n'existent plus. Son regard m'a frappé dès le premier entretien. J'ai pensé à une grotte, à un fond sous-marin ou à un sous-bois, des endroits ombreux où on s'aventure avec la sensation d'être entouré, protégé et en même temps avec le sentiment d'un risque, inexplicable.

"J'utiliserai ce qu'on appelle aujourd'hui « présence verte », vous savez ? Votre chambre sera équipée d'une sonorisation et moi j'aurai un bracelet avec une touche sur laquelle je pourrai appuyer si ça va mal. Vous entendrez une sonnerie et nous pourrons même communiquer aussitôt."

Elle dit Très bien, mais la ride sur son front ne disparaît pas. Marc Mazetti lance :

— Vous avez pensé à tout !

— J'anticipe, monsieur, j'anticipe…

J'anticipe… je vais au-devant de ma vie… alors que c'est le passé qui me tient… et soudain, le souvenir de Claire entrant dans cette pièce un jour avec un rire éclatant me revient. J'étais en pleine discussion avec des confrères venus des quatre coins de

France en congrès dans la ville. Nous nous étions arrêtés net. C'était la vie qui entrait dans un souffle lumineux. Du haut de ses quatre ans, elle nous avait tous regardés et son rire avait repris de plus belle. Je suis sûr que c'est de nous avoir en un instant ravis, littéralement, à notre grave conversation, qui avait donné à son rire ce jour-là, cette force magnifique, cet éclat de vent de soleil de vie. Ah Claire Claire toi seule as eu ce pouvoir de m'arracher à tout. Comme tu as manqué !

Le vieil homme s'est redressé. Les souvenirs c'est dans les vertèbres qu'ils s'installent. Ils vous courbent le dos et Octave Lassalle a décidé de garder le dos droit. Jusqu'au bout.

Se lever sans sa canne : à ajouter à la liste des petits exploits journaliers.

Il se dirige lentement vers l'escalier, un fourmillement dans le dos. Ce sont les présences de ces quatre qui l'escortent. Il repense à ses visites, à la clinique, son équipe derrière lui. Il a tellement perdu l'habitude. Cette émotion-là, il n'avait pas anticipé.

Les quatre échangent quelques mots entre eux. Sans doute de ces mots qui n'engagent pas, une rumeur légère de politesse.

Ils sont là. L'aventure a commencé. Vraiment. Ce n'est pas le moment de fléchir. Sa main se pose sur la rampe. Est-ce que l'un d'eux remarque qu'elle s'y accroche plus qu'elle ne s'y appuie ? Il monte les marches.

Respirer profondément, calmer les battements du cœur, il connaît.

Sur le palier du premier étage il attend qu'ils soient tous montés. La configuration de l'espace fait que les quatre se tiennent autour de lui, si proches qu'il sent leurs corps, leurs souffles. Il les respire, cela fait battre le sang plus fort et en même temps ça l'apaise. Étrange alchimie. Il soupire. Le bras de Marc a effleuré le sien. À peine le temps d'éprouver sa chaleur et il s'est déjà écarté. Son mouvement léger entraîne les autres.

La constellation, à peine formée, se dénoue.

"Pendant que vous choisirez vos chambres là-haut, je vais chercher quelques papiers nécessaires à notre engagement réciproque. Mon notaire a tout préparé. Je vous retrouve au salon, en bas, tout à l'heure."

Ils hésitent devant la montée des marches. C'est Béatrice qui se décide. Octave regarde les ballerines rouges qui se posent, fermes, sur le tapis au centre des marches. Dans une silhouette aussi fine, ces mollets ronds, presque enfantins, l'émeuvent.

Parce qu'elle a l'âge que devait avoir sa Claire quand tout s'est défait ? Il tourne le dos, les laisse monter… Il a marché sur des ruines tout ce temps ?

Le tapis épais absorbe les pas. Ils grimpent. Quatre mondes l'un à la suite de l'autre, silencieux. Ce matin même, ils ignoraient tout de leurs existences respectives. Désormais ils ont en commun cette maison où ils viendront chaque jour, c'est le contrat, et cet homme qui les attendra, chacun à son heure. Est-ce qu'on choisit les liens qui vont se tisser lorsqu'on va travailler dans un bureau, une usine, une école ? On va se parler, forcément, et même finir par deviner à la façon de se dire bonjour le matin comment chacun va. On se connaîtra… un peu. On n'aura pas choisi. Ces quatre-là maintenant auront un lien encore plus fort. Ils toucheront les mêmes objets, monteront et descendront le même escalier. Chacun laissera son empreinte dans la maison. Peut-être prendront-ils ainsi une connaissance plus fine les uns des autres, sans même se rencontrer. À leur insu.

Hélène a en tête des passages entiers de *Je suis ce que je vois*, le livre d'Alexandre Hollan qui l'accompagne quand elle ne peint pas. Les mots de ce livre ouvrent dans sa tête l'espace nécessaire qui lui permet de rêver la prochaine toile. Elle est dans un moment vulnérable, elle le sait, celui où la peinture ne la raccroche pas à l'existence de façon soutenue, quotidienne. Elle a voulu cette vacuité pour répondre à la commande d'Octave Lassalle. Pour être complètement à ce qui se passera, qu'elle ignore. Il lui a juste dit que ce n'était pas lui, le modèle. Alors qui ? Dans cet état de disponibilité intérieure qui précède le travail, elle observe. Dans cette maison, les couleurs sont là, mais feutrées, adoucies. Elle cherche le mot juste, ne trouve pas. Pourtant, cette maison, elle la sent. Elle l'a même dessinée de mémoire, dans son atelier, le soir même où elle l'avait vue pour la première fois. Au bout de l'allée qu'elle avait remontée seule, avant de repousser derrière elle la grille d'entrée comme Octave Lassalle le lui avait bien recommandé, elle l'avait saisie, plantée tranquillement au milieu des arbres, protégeant, derrière elle, son jardin. Qui avait saisi l'autre ?

Elle se retrouve ici, la troisième dans cette montée d'escalier, par aventure. Elle n'a pas véritablement besoin du salaire qu'elle va recevoir, même s'il est conséquent. Pour le nécessaire, entre le petit héritage de ses parents et les toiles qu'elle vend régulièrement dans les deux galeries qui l'exposent, elle se débrouille bien. Mais quand elle a lu l'annonce insolite d'Octave Lassalle, elle a su tout de suite qu'elle y répondrait. Même si elle a laissé s'écouler une semaine entière, comme pour jouer avec le destin, créer un espace étroit où se demander Va-t-il répondre que la place est déjà pourvue? Une annonce aussi alléchante devait faire affluer tant de candidatures... Quand elle avait fini par appeler il avait juste dit Très bien. Prenons rendez-vous. Et elle avait été sûre que quelque chose venait de bouger dans sa vie. Pour les choses importantes, elle s'est toujours fiée à son intuition. Elle aime dire en souriant Il faut utiliser la raison de façon raisonnable : donc seulement pour les choses raisonnables, pour le reste, ce ne serait pas raisonnable.

Hélène est ramenée brutalement à sa propre présence en butant contre le dos de Marc Mazetti. L'odeur de lessive un peu sucrée du tee-shirt. Et le cri étouffé de Béatrice Benoît qui s'est arrêtée net.

Toute la petite colonne est suspendue aux paroles de la jeune fille. Elle lance des excuses par-dessus son épaule. Elle dit que c'est à cause d'une plante, qu'elle a buté dedans!

Elle ne dit pas la terreur qui l'a saisie. La plante est énorme, ses longues ramifications débordent du palier. Un pas de plus et son visage s'enfouissait dans l'obscurité du feuillage. La sensation de pouvoir être happée par quelque chose d'inconcevable. Une terreur d'enfant. Son cœur bat fort encore quand elle la contourne. Elle se dit que c'est idiot.

Marc Mazetti l'a dépassée. Il pousse avec peine le pot dans un coin pour laisser libre le passage. Il lui faut toute sa force pour y parvenir. Quand il se relève il lance C'est incroyable des plantes comme ça ! c'est comme ce qui pousse dans le jardin, derrière la maison. Y a qu'en Afrique que j'ai vu ça. On dirait qu'il se parle à lui-même mais ses mots ont été prononcés à voix haute.

L'Afrique. Le mot comme un cerf-volant dont on a lâché le fil, flotte… le mot Afrique tout seul… il s'en veut déjà de l'avoir laissé filer. Dans la poitrine d'Hélène Avèle, le mot a trouvé place. L'Afrique, le mot qui contient son année secrète, la plus belle de sa vie. Une seule année parfois peut nourrir toute une existence. Lui restent les couleurs qu'elle ne cesse de chercher sur ses toiles depuis, la couleur de la femme qu'elle était cette année-là.

Hélène suit en silence les autres dans le couloir maintenant.

Elle entre dans la première chambre ouverte, ne choisit pas. Les autres poursuivent la découverte des lieux. Elle entend leurs voix. Celle de Marc Mazetti qui affirme Celle-ci c'est parfait pour moi, si personne ne la veut. Elle ferme la porte doucement. Debout à la fenêtre, elle laisse ses yeux s'imprégner des couleurs du jardin.

Marc Mazetti a pris la plus petite des chambres. Un lit, une table de bois. S'il connaissait le tableau, il penserait à *La Chambre* de Van Gogh. Yolande demande “Vous êtes sûr que vous voulez celle-là ? Parce que moi, vous savez, ça m'est égal, j'ai assez à faire chez moi.

En dehors des heures de boulot, j'ai vraiment pas le temps de venir me reposer ici, alors la chambre… Je m'en fiche. Je viens pas ici en villégiature!"

Le mot, dans sa bouche, étonne. Elle a volontairement traîné sur la dernière syllabe, ironique.

Marc rit.

— Cette chambre, c'est parfait pour moi, madame.

— Oh appelez-moi Yolande, on va pas faire de chichis entre nous.

— D'accord Yolande!

Il aime bien cette femme, sa vigueur toute ramassée dans le corps ferme, charnu. Il pense Elle aurait fait une bonne guerrière. Il lui dit

— Moi, Yolande, j'aime bien les endroits petits, simples, sans chichis comme vous dites. Et puis regardez, la fenêtre ouvre à l'est, le soleil du matin!

— Parce que vous comptez vraiment dormir ici, vous?

Marc ne répond pas. L'idée de dormir dans la chambre lui plaît, il ne sait pas pourquoi. Un ailleurs possible pour ses nuits sans sommeil, c'est une aubaine.

Yolande regarde Béatrice qui vient d'entrer dans la troisième pièce. Restée seule dans le couloir, elle jette un œil dans celle qui reste et lance Eh bien pour moi ce sera celle-là et on n'en parle plus!

Elle ouvre et ferme la fenêtre, machinalement, comme pour s'assurer que la clenche fonctionne bien, et ressort aussitôt, prête à descendre.

Béatrice a refermé doucement la porte de sa chambre. Assise sur le lit, elle s'en veut encore de la frayeur que lui a causée la plante. Elle a perdu d'un coup toute son assurance. Comme il lui en faut peu ! Maintenant elle a besoin de la solitude pour retrouver un peu de fermeté. Du calme. Elle déteste ces moments qui font d'elle à nouveau une toute petite fille, si désemparée. Elle essaie de s'apaiser, toute seule, comme elle l'a toujours fait. C'est le grand lit qui l'a attirée dans cette chambre. Plus exactement le tissu qui le recouvre. Venu d'où ? Elle se dit Le Tibet peut-être... les tons sont rouges et orangés, sourds, rien d'éclatant mais pourtant une chaleur intense, comme retenue dans chaque fil tissé. Pour quitter le territoire de sa peur, elle imagine. Une recette éprouvée. Des mains de femmes, des gestes réguliers, le battement des grands métiers à tisser, le claquement ferme des longues traverses qui se rejoignent se séparent recommencent, entraînant le fil encore et encore. Elle n'a jamais voyagé. La main posée sur le tissu, elle se dit C'est ma chambre.

Elle ignore que juste derrière la cloison, Hélène aussi s'est assise sur le lit.

Hélène a laissé son regard errer dans le jardin, en bas, sous sa fenêtre, se perdre dans les feuilles, les fleurs. Elle est revenue lentement au cœur de la chambre. Elle a observé la lumière, captée par le jaune des murs, diffractée. Les chambres sont carrées, toutes les quatre, elle l'a remarqué tout de suite. C'est cela qui donne cette sensation rassurante. Elle pense à certaines compositions de Bach. Elle pense que chaque carré contient un cercle. Elle sent le cercle autour d'elle. Ici, c'est bien. Elle pourrait rester à contempler encore et encore s'il ne fallait pas rejoindre les autres, descendre.

Elle ne bougera que lorsque les trois autres auront quitté l'étage.

Elle entend le pas énergique de Yolande sur le parquet du couloir.

Yolande Grange n'a pas un regard pour la plante au passage. Elle vient ici gagner un peu de sa vie et de la vie de Louise. Pas de temps pour le reste. Le reste, c'est bon pour ceux qui en ont du temps, et de l'argent. Pourtant elle aime bien cet homme, cet Octave Lassalle, qui l'a regardée tout de suite comme une vraie personne. Pas juste une interchangeable comme au supermarché où toute la journée elle range, nettoie, rerange et se casse le dos. Quand elle l'a quitté, après le premier entretien d'embauche, il lui a serré la main. Ça, c'est un geste qui l'a marquée, un geste auquel elle n'est plus habituée. Au boulot avec ses camarades, tous les jours c'est Bonjour Bonsoir, une plaisanterie avec l'un ou l'autre et la bise à la petite Nina qui ne tiendra pas le coup longtemps derrière sa caisse avec la vie qu'elle mène. Mais on ne se serre pas la main.

Elle a aimé le geste, la façon dont il l'a fait. Elle s'est sentie bien dans l'écart créé par le coude et l'intimité des deux paumes qui se touchent. Chacun à sa place, mais proches. Il a dit Je vous raccompagne, madame. Il lui a tenu la porte et elle est passée devant lui comme si on lui avait ouvert les portes toute sa vie. Elle était à l'aise, c'était ça le plus fort!

Arrivée à la grille, elle avait regardé sa montre, une vraie manie. Elle n'en revenait pas, elle venait de passer plus d'une heure avec ce vieux bonhomme!

En rentrant chez elle, elle s'était dit Reprends-toi ma petite! on attrape trop vite l'habitude du luxe auquel on n'a pas droit. Pas bon, ça. Mais au fond d'elle, il y avait quelque chose d'heureux. Ça faisait longtemps.

Toute seule en bas dans le grand salon, elle ne sait pas quoi faire. Elle, c'est plutôt les cuisines. Elle ne pose les yeux ni sur les tableaux ni sur les meubles. Elle fixe le parquet. Les lattes larges, le bois patiné, pas trop brillant. Ça, ça la rassure. Dans sa tête, les choses se sont toujours placées comme ça, bien étalées en bandes les unes à côté des autres. Des lattes : celle de la maison, celle du supermarché. D'autres lattes, plus loin, près des bords, des lattes que personne ne cire plus depuis longtemps : la maison de sa mère, peut-on encore appeler ça "maison" après ce qu'elle y a vécu. Elle regarde les fentes qui séparent les lattes, plus ou moins larges. Parfois, un gouffre. C'est dans un gouffre qu'elle était tombée, sa petite Louise. Et elle n'a pas trop de toute sa force pour la sortir de là. Est-ce que ça peut suffire contre la saloperie du monde ? Quand elle a peur de ne pas y arriver, elle a l'impression que son cœur, dans sa poitrine, n'a plus de place.

Depuis combien de temps Octave Lassalle est-il là, à la regarder ?

De sa voix profonde, qui articule si bien chaque mot, il demande Vous avez fait votre choix, madame ?

Elle a relevé brusquement la tête. Il a vu les larmes. Dans sa vie, il en a vu couler, dans son cabinet, à la clinique. Il ne s'est jamais détourné. Il a appris à ne plus être un regard. Juste être là. Ne pas ajouter au chagrin la honte d'être regardé.

Yolande a eu le temps d'essuyer sa joue, de s'adresser silencieusement un Mais qu'est-ce qui te prend, ma fille ? qui l'a replantée dans le grand salon d'une maison où elle va travailler tous les jours. Point.

Le vieux bonhomme sourit. Elle se dit qu'il n'a rien dû voir, tant mieux. Il enchaîne

— Votre choix a été rapide.

— Oh vous savez, moi les chambres, je prends celle qui reste, je vais pas m'en servir de toute façon. Je viens ici pour travailler, pas pour me reposer, pas vrai ?

— On ne sait jamais, madame... Enfin si l'envie vous en prenait, en dehors de vos heures de service aussi, vous savez que vous avez la jouissance de ce lieu. Et votre chambre donc, « celle qui reste » c'est ?

— Celle qui donne sur le côté où il y a une petite maison en bois, une cabane de jardin ou quelque chose comme ça.

— Ah.

Octave n'a plus jamais rouvert la porte de bois. Le cadenas doit être mangé par la rouille. Il revoit, après tant d'années, le fouillis de ce qu'elle appelait sa "maison de poupées". Ça vibre encore, la douleur, si loin ?

Yolande Grange le regarde et c'est à lui cette fois de se reprendre.

— Puisque vous êtes prête, nous allons signer notre contrat, si vous le voulez bien. Tenez, le voici, vous pouvez en relire les termes.

— Pas la peine, j'ai confiance.

— Je sais mais c'est une bonne habitude de lire les contrats avant de les signer, quoi qu'il en soit. Voyez-vous, nous allons être liés ensemble... jusqu'au bout.

"Jusqu'au bout...", il a déjà dit ça pendant l'entretien d'embauche. Jusqu'au bout. Ça fait bizarre. Le bout de quoi ? de sa vie à lui ? mais il a encore l'air en pleine forme cet homme-là pour son âge. C'est la richesse qui conserve comme ça?

"Asseyez-vous, vous serez mieux pour lire."

Yolande Grange s'assoit, jambes parallèles, pieds posés bien à plat. Il pense Très bien, elle ne coupe pas la circulation du sang et s'étonne de la vivacité tenace de ses vieux réflexes. Ça ne vous quitte donc jamais, un métier.

Elle a parcouru les deux feuilles, s'est contentée de vérifier l'essentiel : le tarif horaire. C'est bien ce qu'il avait annoncé. Il est réglo. L'argent, il l'a, pas de doute. Et il sait se payer ce qu'il faut, c'est clair. Elle en était sûre, malgré ce que lui avait dit Louise qui se méfie de tous. Sauf d'elle. Comme les pauvres bêtes qu'on a maltraitées.

— Ça va? Vous vous y retrouvez?

— Oui oui! pas de souci.

Elle prend le stylo que lui a tendu Octave Lassalle et elle signe, la poigne ferme.

Elle va pouvoir tranquillement payer les arriérés de loyer petit à petit et surtout se débarrasser de la dette qui les plombe toutes les deux. La dette à Joséphine. Ah ça, c'est pas trop tôt! Pouvoir lui filer son paquet, à celle-là, dès qu'elle pourra, d'un coup, et lui balancer Je veux plus te voir ici t'entends? T'as plus rien à faire ici! Ça, rien que d'y penser, ça lui fait un bien fou.

Elle tend le contrat signé en trois exemplaires à Octave Lassalle. Elle a sur le visage un contentement qui se lit jusque dans l'arrondi des joues et la couleur de la peau, le rose qui est monté du cou, une peau fraîche, comme lavée de toute la grisaille des jours maudits.

Il lui sourit.

Son sourire à elle en retour, large, bon à recevoir.

Cette femme est vraiment surprenante, pense-t-il, quelle vitalité !

Les trois autres descendent un par un, d'abord Marc Mazetti puis Béatrice Benoît, Hélène Avèle ferme la marche. Il les observe à la dérobée, cherchant si le fait de partager un espace, "leur étage", crée entre eux déjà une connivence nouvelle. Mais non, bien sûr, chacun est encore dans son monde. Ils apprennent juste à se côtoyer, avec une sorte de gêne, comme les gens qui partent en voyage de groupe vers une destination inconnue. Il note peut-être juste une douceur sur le visage de la jeune Béatrice mais n'est-ce pas lui qui l'invente ? Le vieil homme leur tend leurs contrats. Ils signent sans question. Il faut dire que chaque terme en a été longuement pesé, notaire aidant. Rien n'est laissé au hasard. Il pense que dans le fond il n'y a que la vie qui est "laissée au hasard".

Ils sont installés à la grande table, devant ce que lui appelle "une collation" et Mme Lemaire, obstinément, un "quatre-heures". La lumière commence à perdre son éclat, il se sent fatigué. Déjà. Il a tenu à apporter lui-même le plateau et à préparer les boissons. Il a mis en route la machine à expresso, cadeau de ses amis chasseurs qu'il revoit toujours une fois par an, même si aucun d'eux ne chasse plus. Un groupe qui va en s'effilochant. La vie aussi est un gibier. Il a soigné la préparation du thé, vert, pour Hélène Avèle et Marc Mazetti. Cet homme-là, il l'aurait plutôt imaginé devant un café fort. Comme quoi… C'est la petite Béatrice qui a demandé le café et Yolande Grange qui lui a emboîté le pas. Lui, il s'est préparé la tisane qu'il aime l'après-midi, toujours la même, celle que sa mère prenait aussi et préparait avec des gestes dont son enfance s'est empreinte. Finalement, c'est un homme fidèle.

Il a distribué les clefs avant qu'ils ne partent.

C'est pour toi, Claire, que je donne ces clefs. Pour que quelque chose advienne. Je ne peux plus continuer comme ça. Il faut bien que dans ma vie un passage se fraye. Comme pour les bêtes quand elles sont poursuivies et qu'elles disparaissent presque sous notre nez, sans qu'on comprenne par où elles sont passées…

Donner une clef à chacun. En évitant d'en faire un geste trop solennel. Ne pas les effaroucher. Il a réussi.

Il a observé comment le silence s'installait peu à peu, après les quelques paroles d'usage autour du gâteau de Mme Lemaire. Le moment du départ s'inscrivait dans les gestes, le ton des voix. Chacun des quatre regagnait déjà en pensée son monde.

En maître de maison, il a tenu à les raccompagner jusqu'à la grille. Sans canne. Le retour lui a demandé les efforts qu'il connaît par cœur, pour chaque articulation. Quand on compte chaque pas, est-ce que cela rend le chemin plus précieux ?

Il est rentré, a fermé à clef la porte. Mme Lemaire débarrassera demain. Ce soir, il a besoin de sentir encore les présences qui l'ont accompagné dans la maison. Il s'assoit à chaque place, juste pour voir les choses comme chacun d'eux les a vues. Il prend une tasse, la repose lentement. Ils étaient là.

Attendre que le jour décline.

Depuis longtemps la nuit est devenue ma vie préférée. L'obscur me soulage.

Les choses de la vie s'arrêtent, simplement, puisqu'il fait nuit. Et j'ai la sensation que moi aussi je peux m'arrêter. Un peu.

Avoir droit au silence, aux pensées qui reviennent. Au début, c'était avoir droit à la rage, à tout ce que la douleur révèle de soi. Un vertige. Avoir droit à la haine aussi. Pour tous les sacrements qui ne tiennent aucune promesse. Jamais. Combien de fois me suis-je dit Jamais. C'est dans la nuit que j'ai appris qu'il n'y a aucune consolation, non. Jamais jamais. Il y a des choses qu'on ne peut apprendre que la nuit. Il faut bien que tout soit obscur pour oser les penser.

J'ai appris aussi à aller encore dans chaque jour en espérant que la nuit suivante emporterait tout et moi avec. Ne pas réussir à mettre fin moi-même et m'en vouloir de garder encore ce sacré-là collé à la paume de mes mains. Rien à faire. Des mains faites pour sauver, pas pour détruire. Alors.

Le droit aux larmes est venu si tard.

Octave Lassalle regarde sa canne posée sur le sofa de velours rouge foncé. À l'horizontale, inutile.

Il a fait le tour de la maison et fermé chaque volet. Même si pour les épaules c'est de plus en plus difficile. L'amplitude de ses mouvements s'est resserrée avec le temps. L'espace possible entre lui et le monde se réduit à l'empan d'une articulation qui résiste. Il est de plus en plus tenu à son propre corps.

Et pourtant ce besoin chaque soir de tirer à lui le bois qui va protéger l'obscur.

Polir la douleur dans l'ombre de chaque arbre resserré par la nuit.

Sentir l'écorce de chaque chose.

Et savoir que tout est là, toujours. Même si nuit après nuit le chagrin se dérobe. Comment expliquer que le chagrin s'en va et qu'aucune consolation ne prend sa place.

Je reconnais chaque fenêtre à la lourdeur du volet, à sa résistance, à son grincement. C'est ma maison.

C'était celle de Claire et d'Anna. Ma fille. Ma femme. Des possessifs qui ne veulent rien dire. Et une fois Claire morte, cette impossibilité qu'elle soit "Notre fille". Comme si la mort l'avait rendue intacte au ventre de sa mère. Anna repliée sur sa fille morte. Plus jamais à naître. Plus jamais. Un temps où nous n'avons été littéralement plus rien. On dit "anéantis". Le seul temps du partage.

La mort de Claire s'est inscrite dans mes chairs pendant ce temps-là.

Puis, le temps, terrible, où l'existence est revenue, douloureuse comme quand le sang se remet à circuler dans une chair trop longtemps comprimée.

Moi je ne montrais rien, par habitude ou par nature je ne sais pas, et je regardais, impuissant, Anna, un oiseau fou qui se cognait et se cognait encore aux murs, à l'air, à moi.

Envolée un jour, sinon morte. Repartie vers son Canada, sa famille. Repartie vivre dans sa ville près des lacs et des forêts. Que pouvais-je faire ? La retenir ici, dans la maison, auprès de moi, sans Claire ? Je savais que c'était la garder trop près de la mort. Je sens ces choses-là. C'est le chasseur en moi plus que le chirurgien qui sent.

J'ai travaillé, tatoué à l'intérieur par la mort, faisant les gestes. Mais opérer, non. Sauver qui que ce soit d'autre que Claire en opérant, impossible. Je posais des diagnostics. Je dirigeais mon équipe. Je n'opérais plus. Pendant des semaines et des semaines, autour de moi, on a accepté. Sans aucune question.

Jusqu'au jour où la grande vague s'est levée.

Pour une jeune femme qui allait mourir, elle aussi, et qui avait une enfant à naître dans le ventre. La vie qui palpitait à l'intérieur, sept mois, et elle dont le cœur ne tenait plus.

Quelque chose s'est réveillé. Un appel. Venu d'où. La douleur battant dans mon sang à moi, pulsant. Et soudain j'étais debout. Il faut opérer. Maintenant. Sinon on les perd. La mère et l'enfant.

Comme tout cela est encore présent. Je revois tout. Non, il n'y a pas eu de miracle. Juste le temps qui était passé. Je pouvais à nouveau. Et cet acharnement que je ne comprends toujours pas à sauver ce qui de toute façon s'anéantira. J'étais repris.

Maintenant aussi je mets tout en place pour continuer à sauver du vivant. Ma vie à moi. Et je ne sais toujours pas pourquoi. Mais je le fais. J'ai retrouvé toute la rigueur, la passion d'être "au service" de quelque chose qui me dépasse, que je ne nomme toujours pas mais qui me tient. Toujours.

Chez les quatre, c'est cela que j'ai flairé. C'est bien cela qu'ils ont en commun avec moi. Je ne connais pas leur histoire, je me suis fié à l'intuition qui m'a toujours guidé, qui me faisait accomplir le geste sûr quand j'opérais. La technique ne suffit pas. Nécessaire, pas suffisante. Il faut "sentir" au-delà. Comme si chaque geste était pris dans un geste bien plus vaste, relié au-delà du temps aux gestes des hommes, ceux qu'ils ont toujours faits, avec des outils plus ou moins sophistiqués, ou sans, à mains nues, pour retenir le vivant parmi les vivants. Dans ces moments-là, j'appartenais pleinement à l'espèce humaine. J'y remplissais ma tâche et je me sentais relié à tous ceux d'avant moi et à tous ceux d'après. Un sentiment d'immensité. Jamais rien d'autre ne m'a fait éprouver cela.

Ce soir, je sens qu'avec ces quatre-là, je ne me suis pas trompé.

La maison elle-même le sent. Elle a été ranimée par leurs pas, leurs voix. Elle vibre de quelque chose qui s'était enfui.

Je ne m'attendais pas à ce que ce soit si intense. Déjà.

Il n'ira pas dormir dans sa chambre cette nuit. Il veut rester ici, sur le sofa de velours rouge. Celui de toutes ses veillées.

Cette nuit, quelque chose remonte du lointain de son être. Il ne dort pas. Il aimerait poser sa tête sur le sein d'une femme.

Marc Mazetti est arrivé à sept heures pile. Il est venu à pied. Il a quitté sa petite maison dans les hauts de la ville après ses exercices quotidiens, la douche et le café matinal pris sur sa terrasse. L'air était encore frais, c'est son moment préféré, le jour neuf.

Chaque matin, il a besoin d'entamer la journée en laissant son regard aller sur les toits de la ville. Assis sur sa terrasse, il tient tout juste devant le guéridon de bistrot qu'il a déniché en brocante quand il s'est installé. Les yeux fermés, du bout des doigts, il tâtonne, cherche sous le plateau de marbre lisse ce creux parfait, rond, qu'il a découvert quelques jours après son achat, dont il ignore l'origine. S'il le trouve tout de suite, c'est un bon présage et selon que lui vienne à l'esprit l'image d'une bille ou d'une balle, il connaît la couleur de sa journée. Ce matin, ni l'une ni l'autre. Pas de place dans sa tête pour le jeu.

Il a rouvert les yeux. Devant lui, en contrebas, les toits étagés de la ville, d'autres terrasses. Parfois, les jours de chance, il surprend quelqu'un qui arrose des fleurs avant l'arrivée du soleil ou qui comme lui prend le café en regardant les toits et plus loin, les collines, plus loin encore le mont, presque bleu dans la lumière qui vient. Il apprécie ce partage anonyme que permettent les villes.

La vie des autres, qu'il imagine sous chaque toit, leurs respirations encore endormies, paisibles, le rassérènent. Seul et porté à la fois, il respire plus tranquillement. Il a besoin chaque matin de prendre cet élan pour traverser le jour.

Devant son café, aujourd'hui, il a regardé les toits comme d'habitude, il s'est répété qu'il était heureux de commencer ce nouvel emploi. Pourtant il sentait le resserrement dans sa poitrine. Il n'arrivait pas à contempler tranquillement le mont au loin. L'appréhension taillait sa part dans sa paix du matin et il n'y pouvait rien. Il s'est dit que c'était l'entrée dans un lieu nouveau, sans doute, comme à chaque fois. Mais ce n'est pas la grande maison qui lui occupe l'esprit. C'est le jardin. Rien à faire, ce jardin l'a ramené à l'Afrique, avec ses plantes, ses odeurs. Pourtant c'est derrière lui, tout ça. Dix ans qu'il n'y a pas remis les pieds. Non, décidément, rien à faire. C'est là.

Il paraît que tout vient toujours de l'enfance, et y retourne. Alors il se dit que pour lui il y a deux enfances. La première, celle de l'âge, dans cette région de monts et de collines où il est revenu, l'enfance qui avait déjà fait de lui le solitaire qu'il est. Et puis la deuxième, celle de l'Afrique. Là il a découvert ce que les hommes peuvent faire à d'autres hommes. Il a assisté. Désemparé. Et il avait beau être un adulte, il était bien plus désemparé encore que lorsqu'il était enfant.

C'est à cette deuxième enfance qu'il est toujours ramené, depuis son retour. Celle de l'Afrique. Quoi qu'il ait tenté depuis.

Il faut que le monde redevienne paisible. Il faut qu'il arrête avec ça. La maison d'Octave Lassalle est une bonne maison, il l'a senti. Et le jardin, il l'apprivoisera, bon dieu.

C'est pour laver l'appréhension qu'il a décidé de ne pas prendre la vieille moto, laissée sous l'appentis. Il va à pied. La marche lui a toujours fait du bien.

Aller librement, sans crainte, c'est un plaisir qu'il a retrouvé seulement depuis quelques années. Trop longtemps il n'a marché qu'en se retournant sans cesse, prêt à quoi ? La marche, seul sur les chemins, c'était pourtant le remède magique quand il était petit. Il se rappelle encore sa découverte un jour où il devait avoir dans les dix ans. Il était parti comme il le faisait quand tout se bousculait trop à l'intérieur, que sa gorge se serrait sans qu'il sache bien pourquoi. À l'époque il ne se rappelle même plus chez quel oncle quelle tante ou quelle grand-mère on l'avait casé. Depuis l'accident de voiture qui avait supprimé ses deux parents à la fois quand il était encore bébé, il n'avait pas cessé de valser d'un lieu à l'autre. Et il n'y a que seul, dans la nature, qu'il se sentait vraiment chez lui.

Ce jour-là il s'était perdu au milieu d'un bois dense, touffu, loin de tout. Il avait marché comme les enfants dans les contes. Égaré. Et puis soudain, dans l'immense trouée du ciel clair, devant lui, un lac. Une merveille. L'eau du lac était d'un bleu très doux, calme, étale comme le manteau d'une reine posé sur terre. Dans sa poitrine aussi alors, un espace paisible, protégé par le bleu du lac, le ciel clair. Un miracle. Cette sensation si douce de plénitude, à ce moment précis, il avait su qu'elle lui appartenait pour toute la vie. Des moments comme celui-là, magiques, ça vous arrache à tout, ça vous pose au centre de la beauté, comme un arbre. Ça permet de rester au monde.

C'était ça qu'il était parti chercher en Afrique. Imbécile ! Avec un uniforme sur le dos, il n'avait rencontré que le sang. Le sien et celui des autres, il n'y a aucune différence quand le sang quitte les corps, on ne peut plus reconnaître à qui il appartient, ça coule dans la terre, c'est tout.

Marc sur la route se met à chanter. Quand les souvenirs menacent, il chante. Ça aussi, il l'a découvert tout seul.

Expulser l'air des poumons.

Ne pas crier. Ne pas hurler.

Chanter. Laisser tout le corps vibrer du ventre jusqu'au crâne et sentir que la voix monte, forte, puissante.

Ses chants n'ont pas de mot. Juste des sons qui s'élèvent, cherchent à rejoindre dans l'air quelque chose qui permet de rester humain.

La première fois qu'il a chanté comme ça, c'était là-bas, loin de ce qu'on appelle civilisation, quand ses yeux n'avaient plus supporté ce qu'ils voyaient. Quand il cherchait désespérément un endroit où regarder pour calmer l'horreur. Et rien. L'horreur avait pris toute la place. Il avait fermé les paupières. Pour ne pas lui aussi devenir fou. Comme les autres qui hurlaient qui tranchaient qui abattaient.

Quelque chose était monté en lui.

Une plainte une supplique une rage.

Quelque chose qui disait que ce n'était pas possible, que des êtres humains ne pouvaient pas faire ça.

Quelque chose qui s'adressait. Mais à qui ? en quel dieu pouvait-il croire encore ?

Marc en route vers la grande maison chante. Il est très tôt. Il n'y a pas de voiture. Il essaie de calmer l'Afrique.

Que le chant vide sa tête des images.

Qu'il redevienne l'homme qu'il est aujourd'hui.

Qu'il se laisse à nouveau, peu à peu, gagner par la beauté. Un arbre, la façon dont la ramure dessine contre le ciel un entrelacs très fin, aléatoire. C'est beau parce que c'est. Voilà. C'est tout. Contempler ces branches-là, ces feuilles-là, rien d'autre. Juste ce qui s'offre. Il n'y a aucune intention dans un paysage, il n'y a aucune intention dans la ramure d'un arbre et ça, c'est un repos. S'absorber totalement à regarder. Se rendre. Sa façon de retrouver la paix.

Vient alors dans sa tête l'image de la petite chambre qu'il a choisie au deuxième étage de la grande maison, le soleil de l'est. Il serre la clef dans sa poche.

Quand il arrive à la grille, il ouvre avec l'autre clef, la plus grosse. Un moment unique : la première fois qu'il pousse cette grille. Il ralentit son bras. Il veut prendre conscience du moment. Il y va doucement, attend le grincement, qui ne vient pas. Gonds parfaitement huilés, il aurait dû s'en douter, Octave Lassalle doit veiller à ce que la maison soit entretenue sans aucun oubli. Il cale la grille avec la grosse pierre posée là, à côté, comme le vieil homme le lui a demandé. Mme Lemaire n'aura ainsi pas à descendre de sa voiture pour entrer. Elle, il va falloir l'apprivoiser, il le sait bien. Quatre d'un coup sur son territoire, c'est beaucoup.

Ses arrivées d'enfant trimballé d'une maison à une autre, parfois au milieu d'enfants "légitimes" bien installés, lui ont appris la musique.

Première règle : se faire oublier. Il a appris.

Il remonte l'allée, entre dans la maison. Il a ouvert doucement la porte d'entrée. Il respire le silence du lieu, se dit qu'Octave Lassalle dort peut-être encore, à son étage. Il pénètre dans le grand salon, reste un moment planté là, se rappelant les paroles de la veille, les visages les voix. Étrange, cette journée. Et ces trois femmes si différentes. Il se demande s'il les croisera à nouveau, ne sait pas s'il aimerait. Toujours aucun bruit. Il se décide à ouvrir les volets. Faire entrer le soleil dans la maison, c'est un bon début pour l'apprivoiser. Il ne se hâte pas, prend le temps de sentir au creux de ses mains l'arrondi d'une crémone, puis le lisse du marbre de la cheminée qu'il caresse au passage, le lisse moins froid du loquet de la porte. Une connivence à installer avec les matériaux mêmes. C'est toujours comme ça qu'il a fait, partout. L'entente secrète avec les objets d'abord. Les gens, après.

Il pousse la porte du bureau pour lui donner aussi la lumière du matin mais s'arrête au seuil. Sur le sofa, Octave Lassalle, un plaid sur les épaules, est endormi. Au pied du sofa, un livre à la couverture jaune, le mot HAÏKU écrit en lettres bleues, et un cahier, un stylo coincé entre les pages.

Faire un pas, se pencher, tout ramasser ? quelque chose le retient. Il se rappelle le refus péremptoire du vieil homme, la veille, pour l'herbier. Une alarme qu'il a bien enregistrée. Attention à ce qu'il touche dans cette maison. Le vieil homme n'aimerait peut-être pas qu'on ramasse ses affaires à sa place. De toute façon, personne n'aime être surpris dans son sommeil, il le sait.

Il ressort lentement, sans bruit. Ça aussi, il a appris : se caler sur la respiration de celui qui dort pour ne pas le réveiller et reculer, doucement, le regard toujours posé sur le visage endormi, comme pour le garder enfermé dans le sommeil. Il le trouve beau. Les rides profondes n'abîment pas le visage, on dirait plutôt qu'elles le structurent, comme si elles le tenaient, ferme. Il se dit qu'il aimerait vieillir comme ça.

Marc ignore qu'Octave Lassalle, dans la nuit qui lui refusait le sommeil, a écrit, comme il le fait parfois, dans son cahier, quand plus rien d'autre ne l'apaise. Il ignore aussi qu'il s'est livré à un jeu insolite : il a cherché un haïku pour chacun des quatre. Pour lui, Marc Mazetti, c'est un haïku d'Issa qui s'est imposé, comme une fulgurance

Nu
sur un cheval nu
sous la pluie tombant à verse

Et le vieil homme s'est demandé si Marc Mazetti était l'homme, le cheval, la pluie, ou les trois à la fois ?

Marc a refermé la porte sans bruit. Il a décidé de poursuivre sa visite silencieuse par l'étage le plus haut pour laisser au maître de maison le temps de se réveiller.

Il entre dans chaque chambre. Le vieil homme n'est pas monté jusque-là. Personne n'a fermé les volets. La nuit a dû pénétrer dans les lieux puis les premières lueurs de l'aube. Il imagine. Il a à nouveau une pensée pour chacune des femmes rencontrées la veille ici. C'est étrange cette cohabitation qui commence. Leurs présences décalées. Trois visages de femmes. Trois corps de femmes. Entrées dans sa vie de solitaire avec cette maison.

Dans la petite chambre qu'il s'est choisie la veille, il s'allonge sur le lit. C'est toujours le corps allongé qu'il a senti si un espace l'accueillait ou pas. Il pense aux corps de ses amantes, toujours éphémères, essaie d'imaginer l'une ou l'autre, près de lui. Impossible. Leurs corps, leurs voix, leurs rires ne se posent pas dans cette chambre. Les images s'enfuient comme des papillons par la fenêtre ouverte. Bon, se dit-il, ici, ça n'accepte pas facilement ce qui vient de l'extérieur. Il se demande si les trois femmes ressentiront la même chose. Tous les quatre sur ce drôle de navire, pour quelle traversée.

Il entend un chant d'oiseau, ferme les yeux, prend le temps de l'écouter. C'est un heureux présage. Il redescend sans oser pénétrer dans le domaine d'Octave Lassalle, au premier étage.

Quand il met en route la cafetière, en bas, dans la cuisine, il entend enfin du bruit du côté du bureau. Que le réveil du vieil homme coïncide avec l'odeur chaude du café, ça lui fait un plaisir, inexplicable. Il guette le bruit des pas, perçoit celui d'une canne en contrepoint. Tiens, la veille, il marchait sans. Et voilà qu'apparaît dans l'encadrement de la porte la haute stature d'Octave Lassalle. Il a pris soin de discipliner sa chevelure blanche, drue, et d'enfiler une robe de chambre élégante sur les vêtements froissés par la nuit.

Ils se saluent. La poignée de main d'Octave Lassalle est ferme. Ils se sourient.

Voici donc notre premier matin pense Octave. Il sort deux bols, demande Vous ne prenez pas du thé, vous ? Non répond Marc, le matin c'est café. Le thé, c'est pour le reste de la journée, après.

Bien.

Ils s'installent à la table de la cuisine.

Tous les deux.

C'est simple.

Octave pense Depuis combien de temps plus personne devant moi le matin ?

Leurs mains reposent sur la table, saisissent l'anse d'une tasse, prennent le pain. Qui pourrait savoir, à regarder ces mains faire les gestes familiers des matins, laquelle a tué, laquelle a sauvé ?

"Comment va la vie ce matin ?" demande Octave.

Marc lève les yeux. Serait-il là, cet homme, assis paisiblement en face de lui, s'il savait tout ?

Il répond La vie va, monsieur et sourit. En écho le sourire aussi, face à lui. Et un soupir.

"Vous montez à cheval ?"

La question surprend Marc.

— Ça m'est arrivé, il y a longtemps. Pourquoi ? Vous avez un cheval à monter ?

— Non non, comme ça... je suis encore dans mes images de la nuit. Pas très réveillé... je vous ai imaginé, je ne sais pas pourquoi... Vous savez ces images qui nous visitent parfois, sans prévenir, incongrues. Aucune importance.

Il fait un geste de la main comme pour chasser cette vision. Le poème résiste encore dans la lumière du matin Nu sur un cheval nu, sous la pluie tombant à verse... Pourquoi ces mots ?

Marc Mazetti boit son café.

— Vous ne mangez rien ? Mme Lemaire a acheté de la brioche je crois.

— J'ai déjà pris mon petit-déjeuner, avant de me mettre en route. Je suis venu à pied.

— Ah très bien ! vous gardez des habitudes sportives. Très bon pour la santé, ça !

Pourquoi a-t-il dit Vous "gardez" et pas Vous "avez" des habitudes sportives ? Dans la tête de Marc, l'alarme, aussitôt. L'appréhension qui revient. Il faut parler, chasser tout de suite les questions qui pourraient arriver. Mais Octave Lassalle est déjà passé à autre chose.

— Si vous voulez bien, j'aimerais commencer la journée par le tour du jardin ; cela fait si longtemps que je ne m'y suis pas promené. Je vous parlerai des plantes. Il fait bon ce matin pour marcher, non ?

— Oui.

— Et une belle lumière, n'est-ce pas ?

— Une belle lumière.

Ils marchent côte à côte. Marc sent le souffle un peu court du vieil homme par moments, alors il s'arrête, fait mine de s'intéresser à une plante, attend que l'air revienne, tranquille, dans la poitrine d'Octave Lassalle. Le vieil homme, debout, s'appuie sur sa canne. Marc pense à un arbre. Les arbres qui ont l'air si vieux et qui reverdissent, quand même, chaque printemps, obstinément.

— Avez-vous un jardin avec votre maison ?

— Non, juste une terrasse.

— Vous y faites pousser des fleurs ?

Marc n'a pas envie de parler de chez lui. La seule fleur qu'il fait pousser, dont il quête le parfum chaque soir, ça ne regarde que lui.

— J'ai mis des herbes, pour la cuisine.
— Vous aimez faire la cuisine ?
— Ça m'arrive…
Les réponses de Marc, volontairement évasives, n'entraînent pas à la conversation. Octave n'insiste pas. Ils poursuivent leur déambulation jusqu'à une plante luxuriante, magnifique, aux lourdes corolles jaunes qui s'appuient sur le tronc d'un arbre voisin et forment une tonnelle. Sous la tonnelle, un banc fait d'une vieille pierre plate posée sur deux autres. La main d'Octave se tend vers une des corolles.
— Celle-ci, c'est une variété du Brésil, elle a mis un temps fou à s'acclimater ici. Il lui a fallu un long séjour en serre et la première année où elle a été sortie au jardin, elle n'a rien donné mais depuis elle s'est rattrapée, vous voyez…
— L'hiver, elle ne s'abîme pas ?
— On paille le tronc et on la protège entièrement, on l'enveloppe. Je vous dirai quand il faudra. Il y en a pas mal qui traversent le froid comme ça. Il faut juste le faire au bon moment. Ça ne souffre aucun délai. Mme Lemaire se fait aider par un jardinier, un homme qui vient donner des coups de main quand c'est nécessaire. S'il le faut, on fera de nouveau appel à lui, certains hivers tout doit être fait vite, très vite, quand la gelée s'annonce, pour les protéger toutes. Vos deux bras pourraient ne pas y suffire.

Marc écoute. Il ne peut empêcher les paroles de résonner dans l'espace secret de la mémoire. "Pour les protéger toutes". Les protéger toutes. Est-ce qu'on a encore le droit de protéger quand on est venu détruire ? Il se rappelle l'envie brute, archaïque, de protéger, qui l'avait envahi, mêlée au travail du sang, dans la barbarie où il était plongé, là-bas.

Et soudain la peur est là. À nouveau. Dans ce jardin paisible.

Il s'est trop approché d'un homme qui a passé sa vie à soigner. Comme si un châtiment l'attendait, lui, là, immédiat.

Est-ce qu'il avait le droit de s'approcher ? Il se sent tellement indigne. Retenir la terrible envie de fuir, courir, courir, échapper.

Le vieil homme s'est assis sur le banc.

"Ça faisait longtemps que je n'étais pas venu jusqu'ici."

La voix basse, comme une confidence, calme un peu l'alarme dans la poitrine de Marc. Il respire plus lentement. Il regarde la main du vieillard qui caresse le bord de la pierre et quelque chose d'autre, invisible, une trace, quelque chose de fugitif. Marc a appris à saisir tout ce qu'un geste révèle. Le vieil homme lui aussi a une peine ancienne au bout des doigts. C'est là, dans ce toucher qui effleure, même si c'est furtif. Inexplicablement, ça le rassure.

La voiture de Mme Lemaire passe, lentement, non loin d'eux. Les a-t-elle vus, tous les deux, l'un assis, l'autre debout sous le feuillage ?

Quand ils rentrent, Octave s'appuie sur le bras de Marc. Les chaises sont posées contre la table, pieds relevés, Mme Lemaire s'affaire. Octave fait les présentations. Prétextant ses mains mouillées, elle se contente d'un signe de tête. Marc sourit. Il ne s'attendait pas à mieux.

Ils montent dans la salle de bain du premier. Octave Lassalle a sorti avec précaution un matériel comme on n'en voit plus. Long rasoir dans son étui en cuir mordoré, bol en métal, large, ancien, mais blaireau neuf. Il dit Je l'ai fait acheter exprès pour vous, cher monsieur, le vieux était hors d'usage. Puis Retrouver la sensation d'être rasé de près, sans souffrir de l'épaule, ah quel luxe !

Assis confortablement, il garde les yeux dans le vague pendant que Marc passe la mousse onctueuse sur les joues, le menton, contourne la bouche, continue dans le cou. Il n'a jamais rasé personne. Cette intimité le trouble. Si Octave le regardait, ce serait trop.

Quand il sort le rasoir de son étui, le vieil homme murmure Je l'ai fait affûter, il est prêt à couper, croyez-moi…

La main de Marc s'efforce de ne pas trembler. "Prêt à couper". Il faut ramasser tout son corps comme une pierre, devenir lui-même un bloc de pierre, se figer. Figer le sang. Pour ne pas trembler.

Le tranchant de la lame l'a ramené d'un coup à l'indicible.

Ne pas faiblir. Ne pas laisser monter l'horreur qui au fond de lui, sous la carapace de terre et de morts, bouillonne. Se répéter que ce rasoir est inoffensif. I-nof-fen-sif.

Mais derrière ce qu'il voit dans la clarté de ce matin, il y a d'autres visions. Une main qui agrippait une lame. Des doigts si petits pour arrêter. Dérisoire. C'est là. Pour toujours. Comment enterre-t-on les souvenirs ? Dans quel charnier les abandonner une bonne fois ? La mémoire est une hyène. Elle fouille, trouve toujours un lambeau à arracher.

Marc approche la lame du visage. Le vieil homme a fermé les yeux. Heureusement. La main de Marc cherche le geste, rase. Au fur et à mesure, la peau du vieil homme apparaît, lisse, comme nettoyée de toute la fatigue. Marc dans le geste qui se répète, lentement, se concentre. Pommette, mâchoire, joue. Il s'applique à sa tâche. Devant les paupières fermées d'Octave il s'est mis dans la peau d'un très ancien serviteur, un antique officiant venu du fond des âges, comme un caillou dans la poussière rouge du chemin, poussé jusqu'ici par un pied inconnu. Tout son imaginaire n'est pas de trop pour écarter la mémoire.

C'est quand il a fini, quand il range le rasoir, qu'il se coupe. Il est redevenu Marc Mazetti.

Brutal, le tremblement de sa main l'a surpris.

L'entaille est profonde. Octave Lassalle insiste : il veut le soigner.

— Pas besoin de points mais c'est tout juste, dites donc, vous ne vous êtes pas raté…

— C'est rien, je m'occuperai de ça à la maison.

Le vieil homme devant la plaie a retrouvé immédiatement son autorité.

— Pas question. Vous êtes venu à pied, c'est trop long. On nettoie avant que vous partiez. Après, vous ferez ce que vous voulez.

— Je suis désolé… Le premier jour…

Octave le regarde, voit qu'il est livide.

“Notre premier jour s'est fort bien passé, monsieur.” Octave passe la main sur son menton en souriant. “Je vous assure que la sensation n'a rien à voir avec mon rasage électrique.”

Marc ne parvient pas à lui rendre son sourire. Il a besoin de se retrouver, seul, vite. Avec sa plaie.

En bas, Mme Lemaire a un drôle d'air en voyant sa main. Le sang commence déjà à rougir le pansement. Elle ne dit rien mais il sent la méfiance ravivée par le sang qui n'arrête pas de couler.

Fuir. Fuir ce lieu. Vite. Courir. Il n'est plus fait pour les maisons, pour les gens, il le sait. Il doit vivre comme une bête sauvage, c'est sa règle depuis son retour. Garder l'écart. Il n'avait pas le droit de se mêler.

La rage est là, dans la douleur qui pulse au bout de son doigt. Dans ses tempes qui battent. Sous la terre qui le porte. Et ses yeux secs. Toujours secs.

Octave Lassalle lui tend fermement un petit flacon et une boîte.

"Vous nettoyez encore ce soir et vous changez le pansement aussi souvent que nécessaire. Il y a ce qu'il faut là-dedans. À demain, monsieur. Je vous attendrai à la même heure."

Marc Mazetti murmure son merci et retient son pas dans l'allée. Il a le regard du vieil homme dans le dos. Octave Lassalle soupire.

Oh sait-il que dans le corps de cet homme qui marche vers la grille ouverte, la tempête s'est levée. Chanter sur le chemin, il ne peut plus. Ce sont des sanglots, rauques, qui brûlent sa poitrine. Il cherche l'épuisement à marcher vite, à courir. Il attend que son corps le délivre.

Peu à peu dans ses jambes revient la course des bêtes. Sa seule façon d'échapper. À nouveau il se perd. Quand il sent la mécanique de ses jambes le porter, quand son talon touche à peine le sol, régulièrement, encore et encore, il entre dans un autre monde. Dans sa tête il se cache au cœur d'un troupeau d'antilopes. Invisible. Devant lui les échines frémissantes de la course, le pelage terrifié. L'odeur âcre mêlée à tout ce qui vient des arbres, de l'air sec. Il ne pense plus. Il court. Lui aussi, une bête. Rien qu'une bête. Au cœur d'un troupeau affolé.

La ville arrive sous ses pas. Il continue sa course, grimpe sa rue, ferme sa porte, haletant. Il est plié en deux, souffle. Sa propre transpiration le rassure. Son odeur. Il enlève le tee-shirt, laisse sa peau sécher. Plus tard, la douche ! Il a besoin encore d'être dans la chaleur du troupeau. Il ne peut pas encore redevenir Marc Mazetti.

Assis dans sa cuisine, il laisse la lumière tourner autour de la pièce. Le temps.

Ne rien faire jusqu'à ce que le jour sombre. Rester là. Le corps posé comme le font les hommes, étrangement, sur les chaises. Laisser au chaos qui s'est levé le temps de retomber. Attendre la nuit.

Alors, sans rien allumer, il s'allongera, nu, sur la terrasse et il regardera le ciel.

Marc Mazetti a eu une enfance religieuse. Ça a commencé par une tante qui lui racontait que ses parents étaient au ciel. Et lui sur terre, pourquoi ? elle ne répondait pas. Il a fini par se dire qu'il ne méritait sans doute ni le ciel ni ses parents. Il ne méritait rien d'autre que cette vie éparpillée, de maison en maison, au gré des possibilités de chacun des membres de cette famille qu'il encombrait de sa présence. Il le savait aux courriers qui s'échangeaient, il les guettait, les redoutait. Quand la tante devait aller prendre les eaux en cure, il fallait qu'elle trouve où le caser. Son existence redevenait alors un casse-tête pour tout le monde. Elle écrivait de longues lettres. Il savait qu'elle parlait de lui, de leur engagement à tous à abriter l'orphelin, on n'allait quand même pas le mettre à l'assistance ! c'était quoi, l'assistance ? pas de réponse. Pas méchante, la tante, juste encombrée de cet enfant, orphelin d'un coup, brutalement, parce que sur une route de campagne un camion avait pris toute la place. La tante et les autres n'avaient pas eu le choix. Il fallait prendre en charge le petit, c'est la loi. La tante n'avait jamais eu ni mari ni enfant. Et voilà ce petit que la mort de la demi-sœur avec qui elle n'avait guère de contact depuis si longtemps lui amenait là, chez elle, avec les rentrées scolaires, les maladies enfantines, les questions et ce regard qui n'en finissait pas de se poser sur chaque chose pour les dévisager comme s'il les voyait pour la première fois ! Un drôle d'enfant qui ne parlait pas.

Avec le temps, ils avaient fini par s'entendre. Elle le laissait partir, courir elle ne savait où. Il revenait toujours. Elle ne lui demandait même plus où il était allé tant il avait toujours cet air effaré, ahuri, cherchant les mots à répondre qu'il ne trouvait jamais. À l'école aussi on avait fini par le laisser tranquille. Il faisait sans beaucoup de paroles ce qu'on lui demandait. Plutôt bien pour un qui ne lève jamais la main, ne joue pas avec ses camarades, se tient silencieux, toujours un bout de bois ou de ficelle à la main, à faire d'étranges personnages qu'il ne laissait personne toucher. Oui, un drôle de gamin.

Marc soupire. Il n'aime pas revenir à l'enfance, celle de l'âge. Il ne sait pas comment il est passé de là à la deuxième, si brutalement. À la guerre. Ce soir, il aimerait comprendre.

Octave a mangé rapidement. Mme Lemaire l'a agacé avec son Eh bien dites donc, votre nouvelle recrue, elle n'y va pas de main morte ! Il a répondu C'est ça, madame ! Exactement ça ! vous avez l'art de trouver le mot juste ! Elle a haussé les épaules. Il la met encore en boîte ?

De retour dans son bureau, il a revu la pâleur de cet homme, sa main blessée. Il pense Et de main vive, ce serait quoi ?

Nu sur un cheval nu.

Où a-t-il chevauché celui-là ? Sur ses gardes si vite et pourtant flottant. Un corps tenu à force de discipline. Retenu par rien.

Que peut m'apprendre à moi aujourd'hui cet homme qui m'a rasé avec une telle concentration ? C'était palpable. Je sentais sa respiration sur mon front.

Il soignera sa blessure avec la même concentration, j'en suis bien sûr. Comme si son corps était celui d'un autre. Professionnellement. Il aurait pu faire un bon infirmier. Il reviendra demain. Il sera encore plus sur ses gardes. Comment approcher ce qui fait le cœur de la vie de cet homme-là ?

Octave ferme les yeux. Chez chacun des quatre, il a flairé le terreau d'une histoire. Quelque chose qui pourrait l'éclairer. Chez chacun d'eux, la lutte, solitaire, pour la vie. Et aucune religion à laquelle se raccrocher. C'était la question commune à chaque entretien. La plus importante. Quel rapport entretenaient-ils avec la foi, la religion ? Aucun des quatre n'avait la foi domptée par la religion. Les quatre doutaient. Mais ils luttaient, il le savait. Et c'est pour cela qu'il les avait choisis.

Il pense "la lutte sacrée".

Le sacré. Il hausse les épaules. Le voilà encore, le grand mot interdit.

Octave a repris son cahier de la nuit. Près de lui, posé sur la table. Il écrit.

Tout ce que j'ai accompli, je l'ai accompli ici et maintenant. Pas d'ailleurs. Pas d'au-delà. Et ce que je n'ai pas accompli, les risques que je n'ai pas su prendre m'ont simplement maintenu ici et maintenant. Je n'ai jamais cru que quelque chose d'autre, un dieu, une croyance, pouvait m'aider, tenir ma main, ma tête, toutes mes facultés, pour les porter plus haut. Dépasser le fait d'être un homme, juste un homme de chair, de sang et de pensée.

Aujourd'hui je me donne droit au doute.

Un profane aussi a le droit de douter. Le doute n'est pas réservé aux croyants.

J'ai besoin d'autres êtres humains, comme moi, doutant, s'égarant, pour m'approcher de ce que c'est que la vie. Parce que je suis vieux. Les religions ne m'intéressent pas. Ceux qui sont sûrs d'un dieu ou de l'absence d'un dieu ne me sont d'aucune aide. J'ai besoin de confronter mon doute à d'autres, issus d'autres vies, d'autres cœurs. J'ai besoin de frotter mon âme à d'autres âmes aussi imparfaites et trébuchantes que la mienne.

Je ne cherche à être sûr de rien mais je veux trouver la forme juste de mon doute. Simplement cela. Humblement. Je ne suis pas un grand philosophe. Je ne cherche rien pour les autres. Juste une façon de rester vivant. Ma façon.

Il a refermé le cahier. Il lève les yeux sur le jardin, le ciel.

On peut laisser les années s'accumuler comme le sable sur une route de bord de mer.

Il suffit d'une marée plus forte d'un vent plus fort et le sable s'envole.

En tourbillons.

Par plaques.

La route réapparaît. Juste par endroits. Et on sait qu'on n'a jamais cessé d'y être, sur cette route-là. Même si on sentait le sable sous nos pieds et qu'on croyait à une plage ou au désert. On n'a jamais quitté la route. La même.

Il se rappelle ce lieu appelé "la route blanche", derrière une rangée de dunes basses, qui longeait l'océan. Tantôt recouvert, tantôt découvert. Les voitures pouvaient y rouler, ou pas, selon la météo. Il était enfant. C'étaient les vacances avec ses parents.

Aujourd'hui il est sur la route blanche.

À pied. Qu'elle soit découverte ou recouverte, cela n'a plus aucune importance.

Il avance.

L'océan gronde juste derrière la ligne de dunes et il faut avancer.

Quand Hélène Avèle arrive, Mme Lemaire est déjà partie et il s'est installé au grand salon. Le sommeil l'a surpris comme cela lui arrive souvent après le déjeuner. Une brusque plongée, très brève. Et voilà déjà sa deuxième visite. Il a hésité à recevoir Hélène dans son bureau, a opté pour le salon. Trop intime, le bureau.

Il se lève pour l'accueillir, se dit qu'elle aurait pu être danseuse. C'est dans sa façon de se mouvoir. Quelque chose de fluide émane d'elle. Le pantalon souple, la chemise aux manches larges, sans col, tout est fait pour n'entraver aucun geste. Comme si entre son corps et l'espace, il fallait garder l'entente. Il y a de la liberté chez cette femme.

Elle porte à l'épaule une sacoche bien remplie, son matériel à dessin sans doute. Mais on a l'impression que ça ne pèse rien.

Elle s'est assise face à lui. Elle est là, présente, vivante. Et elle l'intimide. Il la trouve limpide et lui se sent encore tout alourdi par sa matinée avec Marc Mazetti. Il faudrait parler. Elle attend, concentrée, prête au travail.

Il lui propose une boisson, un thé? Gagner un peu de temps. Mais elle refuse. La voix douce est nette, brève, une voix qui renvoie au silence.

Alors c'est lui qui boit ; le goût familier de la tisane préparée par Mme Lemaire avant de partir, au chaud dans la bouteille Thermos, le rassemble.

Hélène Avèle a toujours son drôle de sourire vague, mais son regard, attentif, se pose sur un objet, un autre. Un repérage précis qu'il suit tout en buvant. Une femme de guet. C'est cette attention extrême liée à une détente de tout le corps qui l'avait convaincu de la choisir. Et maintenant, elle l'impressionne.

Alors lui revient un moment de leur deuxième entretien. Celui où elle avait hésité. Elle essayait de dire ce qu'était le dessin pour elle, en réponse à une question qu'il lui avait posée, un peu au hasard. Il allait "à la pêche", plus attentif aux inflexions de la voix qu'aux paroles. Mais elle, cherchait ses mots, ne répondait pas à la légère. Il avait écouté… J'essaie de faire venir quelque chose du modèle dans le dessin… et que ce soit un être humain ou un paysage, un objet, peu importe… rien n'est inanimé quand on dessine… j'essaie… c'est une tentative.

Elle avait employé plusieurs fois ce mot "tentative". Un mot qu'il aimait. C'était celui qu'il employait pour baptiser le fait de vivre : une tentative. Un mot humble, qui donne le droit de se tromper, d'errer, de recommencer.

Il sent dans sa gorge l'arrière-goût un peu épicé et amer à la fois de la tisane. Il pense que le mot aussi est imprégné de cette saveur-là, ancienne, et lance Alors, madame, prête pour la tentative ?

Elle sourit aussitôt. Il ne s'est pas trompé. Ce mot est une bonne terre pour leur rencontre.

Elle demande Je peux faire quelques croquis ? et avant même qu'il réponde elle se lève. Debout, le dos contre la cheminée, elle dessine. À traits rapides, le geste vif. Tel qu'il est installé, il la voit de profil et il voit en même temps son reflet, dans le trumeau, derrière elle.

Cette femme lui plaît. Oh elle ne ressemble pas à celles qui ont éveillé en lui, si fort parfois, le désir. Celle qu'en bon chasseur il a su saisir dans une de ces étreintes brusques, totales, qui l'isolaient du monde et de la mémoire. Des étreintes qui le laissaient ensuite comme débarrassé de tout lien avec les femmes. C'était ce qu'il cherchait. Ces femmes-là, il en garde un souvenir fragmenté. Sein, ventre, douceur d'une peau, une bouche et tant de façons différentes de s'abandonner : dans le regard pour l'une, l'ouverture de la hanche pour une autre. Kaléidoscope qu'il refait tourner parfois, cherchant toujours. Toutes ces étreintes pour rien ?

Il a si fort la sensation de ne pas avoir avancé sur la route blanche.

Cette femme lui plaît autrement que les femmes de l'étreinte. Elle lui donne envie de s'approcher, d'essayer de saisir ce qu'est une vie de femme. Faire lui aussi une "tentative". Le temps va toujours trop vite avec ceux qu'on aime. Avec Claire, avec Anna, les années avaient été dévorées par un dieu chronophage. Il lui reste des épiphanies. Jamais il n'a pu les dessiner à l'intérieur de lui. Il pense aux restes éclatés des corps humains, déchiquetés par les bombes, ou tombés du haut des tours un 11 septembre, ce qu'on dit des corps atomisés. Il n'a recueilli que des fragments, infimes, et il s'essaie à un lent, un infini puzzle. Seul, il ne peut plus.

Hélène Avèle a tourné légèrement, comme si elle faisait un panoramique de la pièce, sans cesser de dessiner. Il lui avait dit, lors du deuxième entretien Ce n'est pas moi le modèle.

Au bout d'un temps, elle lui tend un croquis. Elle a dessiné tout ce qui l'entoure, sauf lui. Il voit son propre corps, dans le blanc. Toute la pièce sans lui. Et pourtant c'est bien sa présence qui vibre dans le dessin.

Elle dit C'est pour vous. Tout ce que je fais ici est pour vous. C'est dans le contrat, non ?

C'est dans le contrat.

Oui, c'est dans le contrat. Quelque chose commence. Qu'il a voulu et qui est là, maintenant, dans la main coupée de Marc Mazetti, dans la vibration de son corps absent sur le dessin d'Hélène Avèle. Il sent le vertige de ce qui commence et qui entraîne. Jusqu'où.

Toutes les années de solitude l'ont laissé sur la route blanche et ils ne sont pas trop de quatre pour avancer avec lui. Il pense à l'étymologie du mot profane : celui qui est devant le temple. Il est ce profane. Ils sont ces profanes. Au cœur de chacune de leurs vies, le temple. Vif. Le seul sacré qu'il connaisse. Cette vie qui vibre et échappe à chaque pas. C'est à ça et seulement ça qu'il s'est voué, toute son existence. Aujourd'hui il a besoin qu'on l'aide à tenir ce cap-là. Parce que la vie dans le corps n'est plus aussi fluide, parce que les artères ne battent plus au même rythme, parce que les articulations se grippent. Mais ce n'est pas tout. Bien sûr que ce n'est pas tout. C'est le désir, c'est l'élan qui s'amenuise et ça, il le sait trop, il faut combattre. Anna avait choisi la religion comme seule voie possible. Lui, non. Et pourtant avancer. Est-ce qu'on avance ?

Les religions n'ont jamais pu le guider.

Trop de réponses.

Il n'a jamais cherché de réponse. Même quand les questions viennent et reviennent. Il veut juste devenir, de son vivant, la vraie question. Pour lui-même. La question juste. En regardant Hélène Avèle qui se rassoit devant lui, il pense.

La liberté est terrible. Si petite pour chacun. La si petite liberté humaine. Et ce désir parfois de l'enfoncer sous la terre. Parce que trop. Si petite, mais déjà trop. On a peur. On voudrait vite des réponses aux questions. À la seule question. Moi aussi j'ai peur. Moi aussi j'aurais aimé des réponses apaisantes.

Et non, même quand Claire est morte, il n'a pas pu se résoudre à enfoncer la question sous la terre, d'un coup de talon. Cette liberté-là, à laquelle il a tenu comme Ulysse lié au mât de son navire, c'est cette liberté-là qu'Anna n'a pas supportée ? Ça l'aurait tuée, elle ? Dans la religion, ses rituels et ses mystères ordonnés, elle a cherché la paix. L'a-t-elle trouvée ? Aujourd'hui il aimerait savoir. Mais Anna est loin. Repartie avec leur enfant lovée dans son ventre pour toujours.

Hélène Avèle est face à lui. Elle s'est installée dans le fauteuil, le visage posé dans la paume de sa main. Son regard gris est très doux quand elle demande

Je peux savoir, maintenant, qui est le modèle ?

Il n'évite pas son regard, ne répond pas. Lentement il se lève.

Il va dans son bureau chercher un album de photographies, le cuir patiné, vieilli, rouge sombre.

À l'intérieur, une seule photographie.

Il la sort délicatement des quatre encoches qui la retiennent, la pose sur la table, entre eux. Hélène Avèle est émue par le vide de l'album. Une seule photographie ? Elle ploie le buste en avant pour mieux voir. Elle appuie le bout des doigts sur le cliché, le maintient sous ses yeux. Elle a la sensation qu'il faut découvrir à l'aveugle, par la pulpe des doigts.

Sur la photographie, c'est l'été. La lumière est là, dans l'espacement des feuilles de l'arbre derrière les personnages. Elle ne voit d'abord que ça : la lumière. Chaque chose en est enveloppée. Et les deux visages. Si proches. Une chevelure légère qui prend tout le soleil. Le visage d'une jeune fille, derrière celui d'un homme. Elle, debout, est penchée en avant, les coudes posés sur ses épaules à lui. Lui est assis sur un banc de pierre. Hélène Avèle reconnaît Octave Lassalle, il devait avoir la cinquantaine.

Plus elle regarde les visages, plus ils se dérobent. Des taches, juste des taches dans la lumière si prégnante. Elle perd les traits, ne garde que le contour. Et cette lumière qui souligne et annihile tout. Comme si la réalité se perdait. Elle est devant une image. Une image. Pourquoi cette photographie déclenche-t-elle en elle cette sorte de vertige ?

Elle entend la voix du vieil homme qui dit Le modèle, c'est elle. Et, dans une fraction de seconde, comme si elle avait elle-même appuyé sur le déclencheur de l'appareil, elle mesure l'immensité du contrat. Elle sent la photographie glisser sous ses doigts. Octave Lassalle l'a ramenée vers lui. Hélène se rend compte qu'elle a fermé les yeux.

Il est reparti vers son bureau. Elle entend son pas difficile. Elle imagine le dos qui cherche à rester droit et ça la bouleverse.

Quand il revient, il ne lui laisse pas le temps de dire quoi que ce soit. C'est lui qui prend la parole.

Il lui parle longuement des portraits du Fayoum. Elle a déjà entendu parler de ces portraits retrouvés dans la région d'Égypte dont ils portent le nom? Octave Lassalle lui demande si elle s'est déjà penchée sur ces œuvres. Non. Elle en connaît l'existence, c'est tout.

Il dit alors sa découverte de ces visages postés au bord de la mort, nus de tout désir d'être regardés par des vivants. Peints pour la tombe. Hélène l'écoute. Il dit qu'il avait vu ses premiers portraits du Fayoum au musée de Toronto. Qu'il y en a un peu partout dans les grands musées du monde mais que les premiers, c'était là, dans le pays de sa femme, qu'il les avait vus. Qu'ensuite il avait cherché les autres, dans d'autres pays, à chaque vacances et que sa femme trouvait ça morbide. Il parle comme pour lui-même, lentement. Il dit que c'était tout sauf morbide.

"Vous comprenez, il se dégage de chacun de ces visages, peints pour personne, une solitude et une humanité sans fard. Profonde. Seule la mort peut « dévisager » un être de cette façon. Avec cette simplicité."

Elle laisse la phrase flotter dans l'espace entre eux deux, ne relève rien. Alors il continue. Il parle des peintres, seuls avec leur modèle. De l'intimité de l'étrange commande : peindre un visage uniquement pour qu'il accompagne la momie dans sa sépulture. Un portrait qui ne sera jamais accroché aux murs d'aucune maison, qui ne montrera à aucun enfant sa ressemblance avec l'aïeul. Des visages qui ne sont le gage d'aucune filiation. Isolés dans le temps. Sans ascendance ni descendance.

"Et vous voyez, pour aborder la mort, ils ont fait appel à la main d'un homme comme eux, pas un prêtre ni un pasteur, un rabbin ou un imam. Juste un homme. Et son art humblement, humainement mis au service de la commande. Ces portraits, ils ont une justesse dans le regard que je n'ai jamais rencontrée ailleurs. Ils disent, tout en étant bien vivants, jeunes parfois, et dans leurs beaux atours, qu'on sait seulement qu'il y aura une fin. C'est inéluctable. Et on ne sait rien d'autre. Rien. Ce sont des visages de rendez-vous. Paisibles. Rien de triste ni de morbide là-dedans. Je n'ai jamais vu une telle acceptation de la vie."

Le vieil homme s'est tu.

A-t-elle eu envie de poser sa main sur la sienne ?

Il dit encore Ma fille avait dix-neuf ans et demi. Puis il ajoute très bas qu'il ne sait même pas où elle est enterrée. Quelque part au Canada. Qu'il n'est jamais allé sur sa tombe. Que sa mère l'a comme enlevée, morte et partie là-bas. Hélène ne l'interrompt pas. Il y a des mots qu'on ne peut prononcer qu'une seule fois, comme le trait sur la feuille. Elle le sait. Alors elle écoute.

Chaque parole porte en secret l'ombre d'une autre.

C'est l'ombre qui manque sur la photographie.

Elle se dit que c'est cela qu'il faudra peindre.

Cette nuit-là, chacun des quatre ignore ce qui s'est levé dans le cœur des autres. Quatre cœurs en éveil, reliés. Ce ne sont ni la lune ni les étoiles, que chacun d'eux pourrait voir s'il tournait son regard vers le ciel, qui tissent le lien. Les liens sont invisibles… et chacun d'eux fait, à sa façon, l'épreuve de l'obscurité. Ce qui pénètre de la clarté nocturne du ciel dans les chambres ne change absolument rien à ce qui noue une gorge, tient des paupières ouvertes. Le beau mot d'angoisse qui signifie l'étroitesse de la vie ne suffit pas non plus à nommer tout ce qui se passe. Pas plus que le mot amour… Quelque chose d'inconnu fait route.

Octave Lassalle, allongé dans sa chambre au premier étage, se demande si dans la chambre au-dessus, Béatrice Benoît a déjà trouvé le sommeil. Et les trois autres ? Il se sent maintenant responsable d'eux. Il sait qu'il les entraîne. Vers quoi ?

J'active le souffle de ma vie. Par leurs quatre souffles.

Notre première journée est finie. Après Marc Mazetti et Hélène Avèle, je n'étais plus bon à grand-chose. J'ai perdu l'habitude de la compagnie. La politesse m'a servi. La politesse sert toujours quand on est fatigué. Je ne pouvais pas faire mieux. Dans les jours qui viennent, je réserverai davantage mes forces pour Yolande et Béatrice. Il faut de l'équilibre dans tout ça. Mais ça va, rien ne presse. Nous avons, comme on dit, notre temps. Comme si le temps était une affaire qu'on maîtrisait, qui nous appartenait même. Tant pis ce soir je me donne licence. Je fais comme si le temps m'appartenait, moi aussi.

J'ai initié le mouvement mais je ne le gouverne pas. Je le sais. Maintenant il faut que je mette toute ma vigilance dans l'aventure.

Dans la tête d'Octave Lassalle résonnent les trois mots qu'il lançait à son équipe à la clinique, rituellement, avant d'opérer On y va. Le *y* au milieu du On va, c'était le lieu inconnu. Personne, même pas lui, n'aurait pu désigner plus précisément ce que cet adverbe d'une seule lettre pointait comme cap à tenir. Mais on y allait. Octave Lassalle imagine la lettre comme un arbre planté.

Ils sont tous les quatre face à l'ouverture. Ils doivent avoir peur. Naturellement.

Quelque chose en eux remue et se prépare.

Ils n'ont pas envie de fuir.

Ils avaient choisi déjà sans le savoir.

Ils avaient lu l'annonce.

Maintenant quelque chose de l'annonce va avoir lieu et aucun d'eux ne sait quoi. La vie va ouvrir ses flancs comme un cargo qui se couche. Il va falloir faire route nouvelle, sans protection.

La peur du désastre fait partie de l'aventure. On peut sauver ou ruiner toute une vie quand on prend le risque.

Le vieil homme pense Moi je l'ai pris. Eux aussi. Est-ce que la vie n'est pas la seule louve à faire entrer dans la bergerie ?

Avant de se coucher, Béatrice Benoît a rangé soigneusement ses vêtements dans l'armoire peinte de la chambre. Elle a regardé longuement les motifs anciens entrelacés dans l'encadrement des portes. Ce meuble, comme le couvre-lit, vient d'un pays lointain. Elle suit du doigt les traces ternies de vert de rouge. La couleur disparaît presque dans le bois, il faut s'appliquer à regarder pour la discerner. Elle se dit qu'elle aussi est comme la couleur, presque fondue dans le bois d'une autre vie. Depuis toute petite. Elle pense aux mains qui ont touché cette porte, au temps qui a patiné la couleur. Sur le bois, c'est beau. Dans une vie, c'est un dommage.

Elle, ce sont des mots qui ont peu à peu terni le vif de sa couleur.

Terni. Pas éteint.

Et elle est là, toute seule cette nuit, dans une chambre inconnue, dans une maison inconnue. Sa main passe du bois de l'armoire au couvre-lit. Et lui reviennent les caresses des hommes sur son corps. Sa seule façon d'exister. Et pourtant. Jamais entière. Pleine d'ardeur, oui, à chaque fois. Comme si le monde allait s'ouvrir parce que le sexe d'un homme la pénétrait. Elle aime faire ça. Elle ne peut pas dire “faire l’amour” parce que l’amour, elle ne sait pas ce que c’est. Elle pense “faire ça”. Elle sait qu’à chaque fois elle espère. Elle se donne. Le plaisir est fort. Si fort. Mais elle sait qu’elle n’y est pas tout entière. Une part d’elle est ailleurs. Toujours ailleurs.

Est-ce seulement dans l’espérance qu’on peut être tout entier ?

Elle s’imagine avec l’un ou l’autre de ses amants dans une de ces maisons des pays lointains d’une seule pièce où aucun objet n’est inutile. Ça l’a toujours rassurée de réduire chaque chose à son utilité. Pas de superflu mais du beau. Rien pour le décor. Le tapis sous les pieds qui accueille les corps pour la nuit, la couverture roulée dans un coin qui protégera. Le feu, contenu par les mains des femmes, avivé par leur souffle, pour réchauffer, nourrir. L’esprit est libre des objets. Est-ce que cela aide à l’amour ? À la nudité de l’amour ? Est-ce qu’on peut se sentir vraiment entière dans les bras d’un homme s’il n’y a plus rien d’autre que cela, la chaleur, le froid, le rugueux de la laine brute, le lisse de la peau et la douceur, la force du sexe qui pénètre en soi ?

Béatrice s’allonge sur le lit. Elle a tellement besoin de vide. Depuis toute petite. Les silences bruissants entre ses parents l’ont trop occupée à l’intérieur. Petite, elle a été dévorée. Le silence des parents est un ogre. Il vous avale dans les questions qu’on ne pose jamais. Ces deux êtres-là vivaient vivent et vivront au secret des bandelettes qu’ils ont passé leur vie à tisser autour de leurs bouches, de leurs yeux. Comme si savoir était de trop ! Est-ce qu’ils entendaient les questions qui cognaient au cœur de leur fille ? Comment peut-on empiler les jours morts les uns sur les autres ?

Du frère disparu avant sa naissance, elle ne pouvait rien savoir. Il leur suffisait qu'elle se coule dans la place laissée libre. C'est tout ce qu'on lui demandait. La mère disait simplement "C'est un ange maintenant" et Béatrice apprenait à se méfier des anges. De leurs ailes déployées ils escamotent les petites filles.

Elle a toujours eu peur de disparaître. Comme par enchantement. Depuis toute petite, elle lutte. Quelque chose de forcené qui la fait souffler sur chaque étincelle de vie. Elle a appris très tôt à se servir de son corps comme d'un allié solide. Depuis qu'elle a quinze ans, qu'elle a "fait ça" pour la première fois, depuis qu'elle a compris qu'il y avait là quelque chose pour elle. Rien que pour elle. Et les hommes qui l'ont côtoyée ont été surpris par le feu, la liberté totale de son corps. Elle les a laissés, éblouis, n'est jamais restée dans aucun lien. Les ailes de l'ange l'effleurent de trop près. Et tout ce qu'on dit partout de l'amour y ressemble trop.

La présence d'Octave Lassalle à l'étage au-dessous l'impressionne et la rassure à la fois. Elle a remarqué tout de suite les livres de poésie dans son cabinet, dès leur premier entretien, c'est ça qui lui a donné confiance même si bien des choses pouvaient paraître étranges dans le contrat. Cette nuit, ils sont tous les deux liés par des murs, de la pierre, du bois, un toit. Cette nuit, dans la maison, ils respirent le même air.

Dans un autre quartier, une autre rue, il y a Yolande Grange. Elle s'est affairée plus que de coutume en rentrant chez elle. Dans des cartons rapportés du supermarché elle a entassé toutes les affaires de Joséphine, a poussé les cartons contre le mur du couloir. Que ça prenne le moins de place possible, en attendant qu'elle déguerpisse. Son argent on n'en a plus besoin ici. Qu'elle aille faire sa loi ailleurs.

Dans la chambre à côté de la sienne, maintenant, elle sait que Louise doit chercher le sommeil. Elle rêve du soir où la jeune femme pourra s'endormir, simplement. À son âge, on devrait dormir comme un ange. Qu'elle aille au soleil, Louise, qu'elle retrouve le sourire de toutes les jeunes femmes qui vont avoir un bébé ! Cette nuit, elle se fait la promesse qu'elle y arrivera. Cette petite-là, qui lui est tombée du ciel, il faut qu'elle aille jusqu'au bout avec elle, qu'elle la sorte de toutes les saloperies du monde ! on lui a assez dit que toute seule, elle n'y arriverait pas, qu'on ne les sort pas de la merde, les filles comme ça ! qu'elle est ni sa mère ni sa sœur, même pas de la famille. Et alors ! faut-il toujours qu'il y ait en commun le sang pour aimer les gens ? Les aimer au point de les accueillir dans sa vie, de les soigner, de les faire revivre ? Pour les chiens ou les chats, on trouve bien ça normal. Décidément, elle ne comprend pas les gens.

Cet Octave Lassalle, c'est le ciel qui l'a mis sur sa route. Il lui donne la première chose dont elle avait besoin : l'argent. Quand elle avait lu l'annonce, c'était le paradis qui pouvait s'ouvrir, là, à quelques kilomètres de la ville. S'il suffisait de faire à manger et de trier des affaires pour ça, c'était cocagne! Elle la lui récurerait, sa grande maison, de la cave au grenier. Et avec le sourire encore!

Pour son premier jour, il n'a pas été bien causant. Elle aime autant. Elle, la conversation, c'est pas son affaire.

Il lui a laissé carte blanche dans la maison. Qu'elle la connaisse, qu'elle s'y fasse. Elle a tout visité. Un vrai labyrinthe. Et des portes et des couloirs. De quoi loger un régiment. Elle, habituée aux espaces utiles et utilisés jusqu'à la moindre parcelle, elle s'est retrouvée à faire une vraie promenade dans une maison. Tant d'espace pour une seule personne! Il a bien dû avoir une famille, cet homme-là. Elle s'était dit qu'il avait peut-être des petits-enfants qui venaient aux vacances, mais elle n'avait trouvé aucune trace d'enfant. Pas de jouet, de petit lit… rien. Et pas une seule photo de famille nulle part. Des tableaux, des sculptures, oui. Des choses qui ont de la valeur, oui. Mais rien de sa vie.

Elle avait vraiment fait de son mieux. Avant de partir, il avait fallu écrire et là, elle avait eu peur. L'orthographe et elle, ça fait deux. Il lui avait demandé une liste de tout ce qu'elle voyait à changer. Oui, elle avait fait de son mieux. Elle s'était appliquée et s'il y avait des fautes, il n'avait rien dit. Il avait parcouru son papier bien écrit, d'une écriture appliquée et ronde. Il l'avait remerciée. Elle avait demandé s'il fallait faire aussi un tour au jardin, s'occuper de la cabane. Il avait répondu tout de suite Non, pas la petite maison ! Bon bon, ça serait ça de moins !

Il lui restait encore du temps à passer. Elle avait pris son dîner sur la table de la cuisine. Elle mangeait la même chose que lui et c'était délicieux. Lui n'avait presque pas touché au repas. Elle avait fait la vaisselle et avait eu du plaisir à prendre le torchon propre, bien épais pour essuyer. Et puis il lui avait demandé de trier les journaux, en piles hautes au grenier. Il lui avait dit les titres qu'il fallait garder, même les plus vieux. Il fallait se débarrasser de tous les autres. Elle avait passé un temps qu'elle n'aurait pas imaginé, les journaux à la main. C'était drôle toutes ces nouvelles d'il y a si longtemps. Plus rien ne pouvait faire ni mal ni bien à les lire puisque c'était passé et elle s'était dit que dans le fond, il faudrait toujours acheter les journaux en retard, comme ça on se sentirait à l'abri des choses et on regarderait les "nouvelles" tranquillement même quand c'était des catastrophes.

Elle était restée longtemps devant les photos d'un barrage qui avait cédé un jour, il y a des années et des années, dans un pays dont elle a oublié le nom. On voyait un village englouti. La photo avait dû être prise par un homme-grenouille. C'était sous l'eau. C'était bien un village, oui, mais le voir sous l'eau rendait tout étrange. Les pierres ressemblaient à des choses qui n'ont plus de poids, plus de force et pourtant elles tenaient encore les murs. Pour combien de temps ? Combien de temps ça peut résister, un village tout entier sous l'eau ?... elle s'était secouée pour sortir de toutes les images qui arrivaient dans sa tête. Elle n'était pas payée à rêvasser.

Maintenant, couchée dans son lit, la photo revient et elle n'arrête plus les images. Est-ce qu'on peut encore ouvrir les portes des maisons ? Est-ce qu'il ne reste pas des choses à sauver, que les gens n'ont pas pu emporter ?

Elle, elle a vu brûler une maison un jour, quand elle était petite, et elle se rappelle encore l'odeur. Plus rien le lendemain. Ce qui restait n'avait plus de forme, méconnaissable et noirâtre. Et la voisine qui pleurait, qui disait qu'elle avait tout perdu, assise dans leur cuisine. La mère lui tapotait l'épaule. Personne n'avait compris comment le feu avait pris et elle, elle n'avait pas dit qu'elle avait vu sortir de la maison un homme qui courait et qu'elle l'avait reconnu. Un malfaisant que la grippe avait emporté l'hiver suivant. Il n'y avait qu'à laisser faire la vie. Quand tu la retournes, elle te retourne. Elle avait vécu avec le sentiment fort que dieu c'était peut-être ça et qu'il y avait pas besoin de prier ni d'aller tout raconter au curé. Tout était dans l'ordre et l'ordre, on ne le connaissait pas. Alors il fallait faire ce qu'on avait à faire. Et basta.

Quand Louise a frappé à sa porte, il y a un mois, avec son ventre qui ne se voyait pas encore, sa bouille toute chiffonnée, qu'est-ce qu'elle aurait dû faire, hein ? Lui dire Allez, passe ton chemin ?

Louise, c'est une gosse de son village. Elle l'a vue toute petite. Et puis, elle est venue, avec ses parents, à l'enterrement de sa mère. C'est rare qu'on amène les enfants. Elle s'est toujours rappelé. La petite était la seule à avoir voulu toucher le corps. Elle l'avait prise par la main, l'avait emmenée dans la chambre où sa vieille mère reposait et quand Louise avait posé sa petite main de rien du tout sur la joue de sa mère, elle, Yolande, s'était mise à pleurer, elle qui n'avait pas encore versé une seule larme. La caresse de la petite, toute simple, sur la joue de sa mère, c'est ce que, elle, elle n'avait jamais osé.

Ce sont des choses comme ça qui font des liens. On ne saurait pas dire.

Elle n'a pas demandé à Louise comment elle avait eu son adresse, ni rien, elle l'a laissée s'installer à la cuisine, lui a servi quelque chose de chaud à manger. Mais elle ne mangeait pas. Elle avait besoin de tout déballer tout de suite. Elle avait fait une cure, elle en sortait mais c'était pas encore ça. Elle était honnête, ne cachait rien de ses galères. Yolande lui avait dit Si tu touches plus à toutes ces saloperies, t'as ta place ici. On se débrouillera.

Mais c'était pas si facile de se débrouiller. Ça coûtait cher. Il fallait qu'elle aille voir un psychologue et c'était pas complètement remboursé. Elle pleurait beaucoup, ça lui faisait du bien, paraît-il. Mais elle n'était pas en état de travailler et ses parents, ça faisait belle lurette qu'ils l'avaient lâchée ! Alors il avait bien fallu accepter la Joséphine avec son argent et ses regards en dessous et ses réflexions du genre Tu t'es mise dans une drôle d'histoire, ma pauvre Yolande, enfin c'est ta vie !

Joséphine, c'était la sœur de sa mère. Elle avait hérité d'un mari riche et bonne pâte. Grand bien lui fasse. Toujours prête à venir traîner sa vie dans les affaires des autres, ouvrant le porte-monnaie et le faisant payer très cher. Yolande avait ravalé son amour-propre et sa haine de cette femme qui s'était installée soi-disant pour l'aider à veiller sur la petite, pour l'aider ! pour espionner, oui ! et régenter ! elle avait accepté pour payer ce qu'il y avait à payer. Maintenant c'était fini. Qu'elle reparte chez d'autres, la Joséphine ! qu'elle aille se ficher dans d'autres vies comme une écharde sous la peau !

Louise et elle, elles vont pouvoir vivre tranquilles.

Elle a un rêve pour la petite. Qu'elle ne dit à personne. Une fois Joséphine partie avec son argent parcimonieux, elle pourra voir comment elle s'y prendra pour le réaliser, ce rêve-là.

Dans son lit cette nuit, Yolande a une pensée pour chacun des êtres qui ont compté dans sa vie. Il n'y en a pas beaucoup. Et puis il n'y a plus rien que le souffle de Louise endormie, de l'autre côté du mur.

Et c'est tellement fort ce qu'elle ressent. Elle n'a pas de mot. Elle n'en revient pas, comme on dit.

Elle n'a pas envie d'en revenir.

Hélène Avèle, dès sa sortie de la grande maison, est allée droit à sa librairie de prédilection. Avant de rentrer chez elle, elle avait besoin d'un sas. Il fallait qu'elle se déleste du poids de la demande du vieil homme.

Elle est restée longtemps là, passant d'un livre à l'autre, s'imprégnant peu à peu de l'atmosphère paisible et en même temps animée, souterrainement, par la quête de ceux qui ouvrent, feuillettent, cherchent le texte qui va leur faire signe, les accompagner quelques heures, quelques nuits, toute une vie peut-être. C'est un lieu où elle se sent bien. À l'abri et en même temps prête à toutes les aventures intérieures. Bordée. Elle est venue se glisser là comme entre les pages d'un livre aimé. Peut-être un sourire à échanger, quelques mots. Ce serait suffisant. Elle a besoin ce soir de s'appuyer à l'humanité discrète et forte de ceux qui lisent. Elle s'attarde à observer l'un ou l'autre, debout, plongé dans la lecture qui l'emporte, le corps encore posé là, devant la table en bois ou les étagères, et déjà hors du monde. Elle les dessine dans sa tête, attend de se fondre peu à peu dans cette drôle de famille, de sentir qu'elle fait aussi complètement partie du navire silencieux et rêveur. Alors ça ira. Il faut qu'elle soit reliée au monde de cette façon avant de retourner à la demande d'Octave Lassalle. Au bouleversement qu'elle pressent.

Elle recule le moment de sortir, prend son temps, bénit le libraire de rester ouvert si tard, et sa liberté à elle de pouvoir rentrer à n'importe quelle heure, sans avoir à avertir qui que ce soit. C'est la première fois qu'elle se formule les choses de cette façon : elle ne pense pas Je suis seule. Elle pense Je suis libre.

Libre. Lui revient l'émission qu'elle a entendue le matin même à la radio. Elle aime écouter la radio quand elle dessine. Elle s'essayait à retrouver de mémoire, sur le papier, les fenêtres des lieux où elle avait vécu et suivait en même temps un reportage sur une prison "hors les murs" quelque part en Corse. Les détenus travaillaient la terre, ils s'occupaient aussi d'élevage. Ils travaillaient dur. Mais on ne disait plus cellule on disait "chambre", ils en avaient la clef et pouvaient aller et venir dans l'enceinte de la bâtisse où ils purgeaient leur peine. La porte extérieure fermait à vingt et une heures. Dehors il y avait les limites à ne pas dépasser mais en dehors des heures de travail ils pouvaient aller jusqu'à une plage. Ils pouvaient voir la mer, l'horizon. Ils ne se sentaient plus enfermés.

L'un d'eux cependant avait parlé des "barreaux dans la tête" dont rien ne venait à bout. Elle avait arrêté de dessiner. Les tenaces barreaux. Elle avait écouté l'homme, la justesse de ses mots.

Elle revoit la grille ouverte de la grande maison.

Dans la librairie elle se met à chercher des textes sur l'univers carcéral. Mais son regard est attiré par la couverture d'un grand livre sur l'Afrique. Elle l'ouvre, ne peut s'en empêcher, plonge dans les couleurs.

Marc Mazetti est allongé maintenant sur sa terrasse. Il fait nuit. Il ne dort pas. Il sent la douleur qui pulse régulièrement dans sa main. Il se demande si le Christ a ressenti quelque chose comme ça sur la croix. Question stupide. Le Christ ! Il sauvait l'humanité tout entière alors évidemment un clou dans la main, c'est peu ! Il revoit les images de son enfance dans son livre de catéchisme : cet homme qui portait une croix sur l'épaule, qui trébuchait lui aussi.

Du bois ! Pas de la chair humaine qui gémit !

Lui, là-bas, en Afrique, il n'avait pas cherché à sauver l'humanité, il avait juste voulu sauver une femme. Une seule. Et inconnue.

Il ne sait toujours pas pourquoi. Parce qu'il faut se faire croire que la barbarie c'est pour les autres ? Pour rester humain au fond de soi, un peu ? À la fin d'une journée lestée de son pesant d'horreurs, comme chaque journée, il y avait eu cette femme devant une case restée miraculeusement debout. Exténuée de maigreur, son lait devait être tari depuis bien longtemps. Le bébé calé dans l'angle décharné du coude, elle essayait de faire entrer une cuiller en bois vide dans sa bouche. Il s'était arrêté, saisi. C'était la cuiller vide et ce geste obstiné de nourrir. Le bébé ne pouvait plus ouvrir la bouche. Le geste se répétait. Insensé. Inutile. Lui, Marc, voyait le vide de la cuiller qu'elle tentait de faire entrer dans la bouche du bébé auquel répondait le vide à l'intérieur de la bouche obstinément close, même plus capable de donner le change de l'ouverture. Voilà. Une mère et son enfant. Un microcosme absurde… la folie sans bruit qui s'empare des êtres. Parce que plus rien n'a de sens.

Cette nuit, Marc se dit que c'est ça qui l'avait fait se pencher, attraper cette femme, la charger sur son dos. Au geste vide de la mère ne répondait plus rien. Pour l'enfant c'était trop tard. Il savait que les hyènes s'en chargeraient.

Il n'a pas porté une croix, lui. Il a porté une femme.

Il voulait sauver. Sauver. La vie qui restait encore dans cet être-là. Sur des kilomètres. Il se rappelle la douleur dans le dos, dans les bras, partout. Il se rappelle son corps endolori. Les autres avaient essayé de lui faire lâcher prise à coups de trique. Il avait dû tirer en l'air pour s'en sortir. Et elle, comme un sac sur son épaule, dans la nuit.

Ah oui, il s'était pris pour le Christ !

Il regarde les étoiles.

Il voudrait oublier tout.

Il ne peut pas.

Il ne pourra jamais ? Il faudra vivre et vivre encore avec ça ?

Marc Mazetti ne s'est plus jamais mis à genoux pour prier depuis.

Là, sur cette terrasse, il lève en l'air sa main blessée et il cherche des mots. Mais comment dire encore Je vous salue Marie ou Notre père qui êtes aux cieux ? Ces mots-là n'ouvrent plus rien.

Il cogne du front contre la nuit.

Il ouvre les yeux. Les étoiles au-dessus de sa tête sont mortes depuis longtemps. Pourtant, la beauté est là. Quand même. Bien sûr il y a un phénomène physique et des calculs précis qui permettent de savoir exactement comment la lumière se propage dans l'espace. Mais la beauté ? Ce que provoque en lui ce scintillement-là dans tout le noir, quel chiffre peut le mesurer ? C'est dans les mots qu'il faudrait chercher un passage.

Dans le silence juste entre les mots justes.

C'est là qu'il y aurait une prière. Peut-être. Il faudrait inventer.

Désespérément cette nuit, Marc Mazetti essaie. Parce qu'un vieil homme a pris sa main, l'a soignée ? Pour pouvoir le retrouver demain sans peur, même s'il faut à nouveau tenir dans sa main la lame tranchante et l'approcher de son cou ? Les prières qu'on lui a apprises sont épuisées. Il cherche des mots neufs. Il a la sensation que des cailloux déchirent l'air qui entre dans sa poitrine.

Alors il la revoit, elle, la femme qu'il a portée sur son dos aussi longtemps qu'il a pu. Pas assez.

Il laisse revenir les images. Pour combler quelque chose entre la nuit et lui. Pour que la clarté des étoiles continue à traverser tout le vide et éclaire. Un peu. Puisque la mémoire ne se tait pas, alors qu'elle lui redonne les détails ! Tous les détails ! Et qu'il se remémore tout ce qu'il sait d'elle. Pour la sauver de l'obscur des étoiles mortes.

Et ça revient.

Dans la nuit de là-bas les yeux si sombres et brillants de la femme, la longueur de ses doigts. Sa voix rauque comme celle des chiens ou des hyènes qui hurlaient autour d'eux. Il ne comprenait pas ce qu'elle disait. Au début elle devait appeler l'enfant. Ça il l'avait compris. Lui, il savait que ce n'était plus la peine. Ne plus réfléchir. Il ne faut plus réfléchir quand la folie cherche sa place. Au début elle donnait des petits coups sur sa tête pour qu'il s'arrête. Avec la cuiller en bois qu'elle n'avait pas lâchée. Puis elle n'en avait même plus eu la force. Il dit tout bas, pour lui tout seul, comment ses doigts s'agrippaient à sa chemise. Il dit qu'elle avait dû être belle, qu'il le voyait malgré la maigreur extrême. Il dit qu'elle ne pesait pas sur son dos, qu'il aurait pu encore marcher longtemps avec elle. Il se rappelle comme il avait trébuché.

Marc Mazetti ferme les yeux. Il se demande si tous les hommes ont une âme.

Il avait dû continuer sa marche forcenée. Quand il avait trébuché, c'était une balle qui avait été tirée. Par qui ? et c'est son corps à elle qui l'avait protégé, lui.

Un Christ qui fait mourir les autres sur son dos ! Qui se protège avec leurs corps ! Il s'était remis à courir, égaré, longtemps avec le cadavre de la femme sur le dos. Puis l'abandonnant.

Il l'avait laissée là, au risque des hyènes qui dévorent les nouveau-nés et le corps des mères qui meurent de ne plus rien pouvoir.

Dans la main blessée de Marc Mazetti, il y a la cuiller en bois qu'elle tenait serrée, qu'il avait arrachée à sa main. Il y a des gestes qu'on fait sans rien en savoir. Rien. Quand il avait empoigné cette femme, c'était quelque chose de bien plus fort que tout ce qu'on peut imaginer de la bravoure. Il n'était pas un héros. Il était un homme qui veut sauver ce qui reste de la vie, coûte que coûte. Parce qu'à un moment ça ne peut plus être que ça qui fait respirer. Vouloir rester humain.

Il ne comprenait rien.

Il était loin de dieu.

Il était au cœur de quelque chose qui le dépassait. Un maelström vertigineux venu du fond des temps, du fond de chaque cellule qui fait la vie. Et il avait échoué. La femme avait perdu ce qui lui restait de vie. C'est la sienne qui avait été sauvée.

Aucun sens divin à tout cela.

Aucun sens humain non plus.

Depuis il court toujours dans sa tête. Pas pour échapper aux balles. Pour échapper c'est tout. À l'aveugle.

Il porte toujours cette femme sur son dos.

Quel dieu peut entendre les battements d'un cœur que rien ne délivre.

Cette nuit, il voudrait retourner là-bas et creuser la terre sèche, avec sa cuiller en bois. Jusqu'à retrouver les os de cette femme-là pour les embrasser. Et rester auprès d'elle. Le temps d'une prière qu'il ne trouve plus dans sa bouche.

La nuit creuse sa route dans le cœur de chacun. Des paupières se ferment. D'autres abritent sous leur si mince membrane des visions que celui ou celle qui dort oubliera quand ses pieds se poseront au matin sur le sol, que le corps reprendra son poids sur terre. Pourtant parfois les visions reviendront, inattendues, au détour de la journée et quelqu'un ralentira son pas, se souviendra, s'interrogera peut-être. Dans le sommeil certains ont ri d'autres ont pleuré, parlé, crié. Quelques-uns ont volé, légers si légers, dans ce même corps du jour comme soulevé et tenu par un souffle. Libres. Le matin appesantit les corps mais quand on se souvient du vol, où qu'on soit, on sourit, on soupire, les ailes repliées. L'obscurité a fait son travail. Elle rend au jour les dormeurs.

Chaque jour un peu différents.

Marc Mazetti a quitté la terrasse au milieu de la nuit, la fraîcheur sur sa peau nue l'a ramené dans sa chambre. Il a fini par s'endormir, la cuiller en bois posée sur l'étagère, face à son lit. Au matin il ne se rappellera pas que le visage du vieil homme l'a accompagné dans ses rêves.

Yolande Grange est allée jusqu'à la chambre de Louise, elle a ouvert doucement la porte, juste pour s'assurer de son sommeil. Elle ne sait pas qu'elle a ainsi partagé le souffle de la jeune femme, qu'elle est entrée dans sa nuit. Peut-être même a-t-elle rencontré la vie qui est à l'œuvre, ne dort pas, au creux du ventre doux sous les draps. Yolande et Louise ont dormi d'un sommeil paisible. Yolande s'est réveillée le cœur léger.

Hélène Avèle dans son lit a étendu le bras. Ses doigts ont rencontré une épaule. Surprise. C'est le toucher de cette épaule qui l'a réveillée. Elle s'est soulevée sur un coude, a regardé longuement l'homme allongé près d'elle, a laissé remonter le souvenir de la nuit, puis elle a embrassé ses paupières, légèrement. Il a refermé les bras autour d'elle. Et elle a aimé ça, à nouveau. Elle l'avait déjà croisé plusieurs fois à la librairie, ils avaient pris l'habitude d'échanger quelques mots. Hier, il l'avait saluée, s'était mis à feuilleter un livre, tout près. Au fond d'elle palpitait la demande du vieil homme mêlée aux images de l'Afrique. Il avait posé sa main sur la sienne, comme par mégarde. Elle avait laissé faire. C'est elle qui avait pris sa main à lui pour marcher dans la rue quand ils étaient sortis. Ils s'étaient promenés dans les rues, au bord du fleuve, longtemps. Et qu'importaient leurs vies. Ils avaient parlé, de peinture, de lecture, de tout ce qu'ils aimaient. Aucun des deux n'avait demandé à l'autre s'il était déjà engagé dans un couple, une famille. Cette nuit était le début d'une histoire sans repère. Hélène se sentait libre, hors de tout et en même temps au cœur des choses. Les mots étaient juste un accompagnement. Ils écoutaient leurs voix.

C'est par les mains que l'accord s'était établi, au milieu des livres. Et tout le reste de la nuit s'était ordonné autour de ce point central : le toucher de leurs mains. Leurs peaux.

Au matin, Hélène Avèle avait à nouveau dans les doigts l'envie de dessiner.

Béatrice Benoît, elle, seule dans sa chambre, avait volé longtemps, plus longtemps que dans ses rêves de vol habituels. Elle se rappelle qu'elle passait au-dessus des vagues ou peut-être étaient-ce des forêts. Il n'y avait personne dans son rêve. Pas de maison non plus. Rien qui porte une marque humaine. Juste des étendues dont il lui reste au matin la couleur, comme un tableau. C'est au fond d'elle quelque chose de vaste, comme si elle revenait du désert.

Un désert où elle ne s'est pas perdue.

Elle s'étire longuement. Il est tôt.

Dans sa chambre, au premier étage de la grande maison, Octave Lassalle a alterné toute la nuit la lecture et les périodes d'assoupissement léger. Il a laissé l'Ecclésiaste, a préféré l'Évangile de Jean. Il ne l'avait pas relu depuis longtemps. Cette nuit, il se sent proche de chaque mot. Il sent leur liberté. Pendant longtemps il n'a même pas voulu entendre parler de tout ça. Mais cette nuit il se dit que tout est bon à prendre, une fois débarrassé de l'artillerie religieuse. Le texte est là, nu. Et la lecture, libre.

Son père était un médecin de campagne, chasseur lui aussi, et libre penseur. La liberté alors, c'était de ne pas croire. Il était fier que son fils ne fût pas élevé "dans les jupons de la madone", comme il se plaisait à le répéter. Son anticléricalisme affiché ne l'empêchait pas de faire goûter au curé ses meilleurs vins. Octave se rappelle, quand il était petit garçon et qu'ils étaient attablés : il voyait deux hommes qui parlaient avec plaisir du vin et il se demandait si c'était vrai quand même, ces histoires de paradis et d'enfer, et si chacun de ces deux hommes devait forcément se retrouver à une porte différente, le temps venu. Pourquoi son père n'aurait-il pas été à la bonne porte, lui qui soignait les gens ? Il ne pouvait s'empêcher d'éprouver une sorte de crainte, diffuse. À qui en parler ? Il avait vu sa mère blêmir quelquefois quand le père y allait trop fort de ses invectives contre les benêts de l'église. Il se disait que peut-être, en cachette, elle priait, elle qui avait été élevée dans la religion. Ça le rassurait, lui qui ne connaissait aucune prière. Est-ce que cela suffirait à sauver le père ?

La petite voisine qui venait chez eux jouer à la balançoire lui avait demandé un jour s'il était catholique. Il avait répondu Non. Protestant ? Non plus. Alors elle avait tourné sa jolie tête vers lui pendant qu'il la poussait sur la balançoire. Mais t'es baptisé au moins ? Il avait encore répondu Non. Et la petite voix flûtée, tête levée vers le ciel, avait lancé "Alors t'existes pas" tout en continuant à fléchir les genoux et pousser des cuisses pour monter plus haut.

Cette nuit il se dit que sa "vocation" ne s'est pas forgée, comme tout le monde l'a pensé, dans la droite ligne de celle de son père, non. C'est la voix d'une petite fille, qui est revenue en écho dans sa vie, encore et encore, emportée toujours plus haut par la balançoire. Si haut qu'il avait fini par l'oublier. Pourtant elle avait œuvré. À son insu.

Cette nuit, il revoit tout avec une précision étonnante. Il y a des moments dans la vie où le temps fait alliance avec la mémoire. Il s'efface, redevient juste une convention pour les horloges, il vous laisse libre de remonter le fleuve. Pour Octave Lassalle, c'est cette nuit.

Est-ce la présence des quatre tout au long de la journée qui a rouvert le passage ?

Tout est présent. La peinture rouge de la balançoire un peu écaillée par endroits. Le grincement de la chaîne qui la retient à la poutrelle d'acier du portant. Il sait que s'il écoute bien, il entendra aussi le bourdonnement du concasseur de pierres qui selon le vent portait son rythme sourd jusqu'à leur jardin. Peut-être pourrait-il même entendre sa mère chanter à mi-voix en s'affairant dans la maison, fenêtres d'été ouvertes.

Alors quelque chose qu'il avait totalement oublié revient. C'est, sous ses doigts, le dos de la petite Édith qu'il poussait. Elle avait une robe d'été et c'était tantôt le tissu léger, tantôt la peau nue de ses épaules, que sa main rencontrait.

La sensation est si fraîche qu'il en a le cœur qui bat. Sa main ne choisissait pas l'endroit du corps d'Édith qu'elle toucherait. Il ne fallait pas. Il attendait, dans une tension éblouie, que la peau d'Édith rencontre la paume de sa main.

Tout est présent.

Cette nuit il se rend à l'évidence si longtemps cachée : Édith a été sa passion. Sa première vraie passion. Celle de son enfance. Et c'est elle qui, de sa voix légère, lestée d'une assurance absolue, l'avait assigné à une étrange place vide. "Alors t'existes pas."

Il n'avait pas compris, lorsqu'il avait rencontré Anna, lui, le célibataire aux aventures sans nombre, que c'était en elle cette assurance absolue qui l'avait rattrapé, séduit à nouveau. L'empreinte d'Édith. Anna aussi était croyante. La foi chevillée au corps, aussi énergique que le corps lui-même. Anna ne supportait pas la chasse, l'aurait voulu tout entier dévolu à sauver des vies. Elle refusait de cuisiner le gibier qu'il rapportait. Son tribut à la mort, elle n'en voulait pas, le traitait de païen. Il riait. Il avait fini par ne plus manger de gibier qu'avec ses amis chasseurs.

Mais c'est bien cette foi obstinée qui l'avait attiré vers elle. Parce qu'elle n'avait en rien renoncé à son culte, elle le fascinait. Il la voyait comme l'incarnation romantique, tenace, d'un rite. Il ne voyait pas alors qu'elle était la résurgence de la petite Édith, qu'il l'installait dans sa vie pour le garantir contre le vertige du "Alors t'existes pas".

C'est cela qui les avait unis. C'est cela qui finalement les avait séparés.

Il avait refusé d'opérer Claire après l'accident.

Ne doute pas Octave, ne doute pas je t'en supplie! Il entend encore la voix désespérée d'Anna. Oui, il avait douté. Pour la première fois il avait douté de ses propres mains. Parce que c'était sa fille qui était là, sur le chariot. Parce que c'était sa fille dont il fallait ouvrir la poitrine, opérer le cœur. Oui, il avait douté. Parce qu'en lui tout s'était mis à trembler dès qu'on l'avait averti. La voiture renversée, Claire agonisante. Oui, il avait douté. Et alors!

Elle, Anna, avec sa foi, sa terrible foi, elle le poursuivait. Je t'en supplie Octave, je prierai! Tes mains ne trembleront pas, toi seul, toi seul tu peux la sauver. Tu es son père!

Non, il ne pouvait pas.

Les prières d'Anna, il n'y croyait pas.

Il ne se fiait plus à ses mains. Il avait peur de trembler. De devenir l'assassin de sa propre fille en ratant l'opération.

Il l'avait confiée à un confrère, son meilleur ami. Anna ne lui avait jamais pardonné.

Elle l'avait poursuivi de son Pourquoi? lancinant.

Octave Lassalle a laissé la lampe de chevet allumée, même s'il garde les yeux clos, il a besoin de sentir la lumière. Il se rappelle.

Tout le temps de l'opération, il avait fui l'hôpital. Elle était restée. Elle priait. Lui marchait, comme un automate, le long du fleuve. Il repassait dans sa tête tous les gestes qu'il fallait faire, un par un, pour sauver sa petite. Et il savait que c'était inutile. Il l'avait su en posant sa bouche sur le front de sa fille. La vie avait déjà commencé à céder. Il l'avait senti si fort que plus rien n'était possible par ses mains. C'était sa science et son intuition des corps, des souffles, qui le lui avaient dit.

Comment asséner ça à Anna ? Ils ne parlaient plus la même langue.

Il sentait. Elle croyait.

Depuis il n'a jamais plus été aussi sûr de son savoir.

Et s'il avait cru, lui aussi, dans cet élan fou de la foi qu'elle essayait de lui insuffler, est-ce qu'il aurait sauvé sa fille ? est-ce que la vie aurait repris sa force ? est-ce qu'il y aurait eu ce qu'on appelle un miracle ?

La question ne l'a plus jamais quitté.

Elle est revenue, dans ses nuits dans ses jours. Peut-on devenir une question ? Rien qu'une question ? Toute sa vie.

Anna l'avait supplié, s'était mise à genoux devant lui. C'était monstrueux. Rien, il ne pouvait rien. Il était sûr de faire pour le mieux en demandant à son ami d'opérer. Il avait tout perdu. L'amitié non plus n'avait pas survécu au désastre.

Devant la mort de Claire il n'avait eu aucune consolation à offrir à Anna. Rien que la souffrance. Aveuglante. Nue. Sans rempart.

Tout ce qu'il aurait pu faire pour l'apaiser, aussi obscène que cela paraisse, c'était lui faire l'amour. C'était obscur. C'était archaïque. Cette poussée dans son propre corps, cet élan de toute la vie qui cherche le corps de l'autre, il ne le comprenait pas, en avait honte. Jamais il n'avait connu un désir d'une telle urgence d'une telle intensité. Il se rappelle encore le regard effaré d'Anna quand il l'avait prise dans ses bras. Elle l'avait repoussé de toutes ses forces, muette. À ce moment précis, il en est sûr, elle l'avait haï. Et sa haine lui avait fait du bien. Elle l'avait protégé du gouffre. Il s'était arc-bouté contre. Oui cette haine lui avait permis de résister. C'était un point focal contre quoi lutter. Tant qu'on lutte contre, la vie tient. La compassion l'aurait fait sombrer.

La douceur, c'est après qu'elle lui avait manqué.

Cette nuit, de très loin, les corps lui reviennent. Sa mémoire avivée par la présence des quatre toute la journée, passe de la peau d'Édith à celle d'Anna. Comme la petite fille de son enfance, Anna avait sous les cheveux, légers, l'odeur si particulière, délicate, de la nuque dans la chaleur. Mais le flair de la mémoire lui rapporte fidèlement aussi toutes les fragrances de son corps de femme. Quelque chose de sa sauvagerie qui le bouleversait tant.

Dans cette étreinte rêvée d'après la mort de leur fille, Anna aurait été vibrante d'une intensité inconnue, désespérée, il en est sûr. Il se dit cette nuit qu'elle aussi a ressenti le terrifiant désir et que sa haine l'a sauvée. Sa seule façon de se garder vivante. Vivante ! Il imagine, il espère.

Ils ne s'étaient plus jamais approchés l'un de l'autre depuis ce jour. Et elle était repartie dans son pays.

Cette nuit, il ose aller plus loin dans le souvenir du désir. La honte a disparu. Au fond de lui, la poussée archaïque qui avait dressé son sexe malgré tout ce qu'il avait appris de la décence et du respect, en homme civilisé, c'était une poussée sauvage, en deçà de la pensée et du langage, une poussée qui jette l'être humain contre le temps. Désespérément. Il aurait voulu qu'ils reviennent tous les deux au point exact qui avait un jour conçu leur enfant, refaire le chemin jusque-là, dans l'incandescence des corps. Communier avec sa femme dans ce mystère-là.

C'était païen, ça ?

Et alors !

Se mettre à genoux et prier, non ! Même pas invectiver ce dieu à qui elle adressait désormais son Pourquoi ?

Il n'y avait plus en lui que le sauvage.

Cette nuit, il ose nommer.

Sa main cherche le livre ouvert. Il relit la phrase de Jean.

“Il n'avait pas besoin qu'on témoignât sur l'homme, car il savait ce qu'il y a dans l'homme.”

Il pense. Moi j'ai cherché à savoir. Ce qu'il y a dans le corps de l'homme, on me l'a appris. Ça ne suffit pas pour faire tenir la vie, ça je l'ai appris moi-même, sans professeur. Les quatre qui ont accompagné ma journée aujourd'hui, depuis si longtemps que je ne touche plus le corps des hommes, des femmes, que je ne sauve plus personne, ces quatre-là, ce sont eux qui peuvent peut-être m'enseigner aujourd'hui.

Il n'y a pas de maître.

Pas de fils de dieu.

Pas de prophète.

Rien que des hommes et des femmes.

Des profanes.

Mais le sacré, le vif de la vie, il est bien au cœur même du profane et moi j'ai besoin d'y aller.

Le vieil homme caresse le livre lentement.

Ce n'est pas la vie parfaite qui peut m'enseigner. J'ai retourné les Évangiles. Je veux l'enseignement des vies imparfaites.

Le seul qui vaille.

Celui qu'on délivre sans le savoir.

Le Christ de la Bible était un sauveur, un maître et les quatre autour de lui apprenaient de lui. Moi je ne suis pas un sauveur. Si j'ai sauvé des vies, c'est avec ce que d'autres hommes m'ont appris. Pas des religions, non. Avec des gestes, faits par les hommes et affinés par le temps. Juste parfois cette intuition extraordinaire qui fait le geste juste.

Les quatre que j'ai choisis sont des humains comme moi. Le frottement de nos vies les unes contre les autres, c'est à ça que je crois.

Octave Lassalle a fait alors cette étrange chose : il a nommé à voix basse chacun des quatre, par son prénom, rien que pour lui, dans le silence de la nuit. Comme une prière.

Dans les semaines qui ont suivi, la vie s'est organisée. Il y a eu des croisements. Marc Mazetti par exemple a vu un matin Béatrice Benoît dévaler les marches du perron et courir dans l'allée. Un instant il a cru qu'elle se précipitait vers lui. Il s'est figé. La peur qu'il soit arrivé quelque chose au vieil homme. Mais non. Elle était juste en retard, courait vers sa mobylette garée près de l'entrée. Elle est passée à côté de lui, a fait un signe de la main. Il se l'est rappelé après, plusieurs fois dans la journée. À chaque fois il en était heureux. C'était un geste amical. Il y avait donc entre eux une sorte de connivence, une familiarité. Oui, il en était heureux.

C'est vrai qu'ils passent tous les quatre une partie de leur temps maintenant dans la même maison. Eux deux utilisent la même cafetière, elle seulement quand elle a le temps, elle aime dormir et dans sa chambre des pays lointains, elle dort bien. Lui ne pénètre jamais dans cette chambre. Parce qu'elle y dort. Tous les jours, comme la première fois, il commence par l'étage le plus haut. Il ouvre les volets des chambres. C'est Yolande Grange qui les ferme à "leur étage" le soir quand elle part. Il pense aussi à elle. Par le geste. Il revoit ses mains petites, fermes, fortes. Elle doit faire tourner la crémone d'un seul mouvement. Imaginer Yolande Grange faire ce geste lui est aussi agréable.

Il a mesuré son attachement au vieil homme le matin où il a croisé Béatrice, par la peur qui l'a saisi. Oui, il s'attache. À leur café du matin, à leurs promenades lentes dans le jardin.

Octave Lassalle, par intuition, par connaissance des humains ? l'apprivoise. Le vieil homme par exemple garde toujours les yeux fermés quand il le rase. C'est ce qu'il faut. Marc Mazetti, après sa nuit sur la terrasse, avait tellement appréhendé le rasage du lendemain. Le lendemain, le vieil homme, passant sa main sur sa joue, avait décrété qu'il n'en avait pas besoin. Cela lui avait laissé un jour et une nuit de plus pour s'apaiser. Le troisième jour, la main de Marc allait mieux.

Le rasage est toujours un moment où ils parlent très peu tous les deux, encore moins que le reste du temps. Comme si les yeux fermés impliquaient une autre façon d'être ensemble. Marc Mazetti se concentre. Dans le silence réuni de leurs deux souffles si proches les images terribles sont là, il le sait, tapies entre lame et peau. C'est son épreuve du matin. De chaque matin. Il s'y prépare. C'est là que l'étroitesse de la vie l'attend. Inutile de chercher à échapper. Il apprivoise la peur.

Octave Lassalle ne le relie jamais au passé. Ils ne parlent tous les deux que du présent, ici, dans la grande maison. Et du jardin. Il y a une approche du corps du vieil homme. Il le faut bien. Pour le jour où. C'est étrange de se dire qu'un jour peut-être, il lavera ce corps, en prendra soin. Entièrement. Parfois il ne peut s'empêcher de penser, ou de désirer, qu'il n'en soit rien, que cela n'arrive jamais. On peut prendre soin de son propre corps jusqu'au bout, après tout, se dit-il. On peut aussi mourir avant d'avoir besoin que quelqu'un d'autre le fasse. Il repousse tout ça. Il ne veut pas le savoir.

Octave Lassalle lui a parlé de massages qui le soulageraient. C'est pour les épaules, les articulations si douloureuses parfois qu'il a du mal à tenir son livre pour lire, la nuit. Il lui a proposé de suivre un stage de massage pour le soulager un peu. Je ne saurai pas faire ça ! Octave l'a vu lancer un regard vers ses mains comme si elles ne lui appartenaient pas. Je n'ai jamais fait ça de ma vie, je suis désolé. C'est impossible. Le vieil homme n'a pas insisté mais Marc le connaît maintenant assez pour savoir qu'il y reviendra. D'ailleurs quelques jours après, il lui a prêté des livres traitant de différentes techniques de massages et de leur bienfait. Marc les a posés chez lui, ne les a pas ouverts.

Tous les matins, ils font la promenade au jardin. Il apprend les plantes. Il a envie de les soigner. Ses doigts glissent sur les feuilles charnues des plantes exotiques. Là, quelque chose est possible pour lui. Il aime sentir sur sa peau l'odeur parfois qui persiste. Il cherche des mots dans sa tête pour dire les parfums mais ce sont des couleurs qui viennent. Alors il nomme les plantes de cette façon, en secret. La jaune d'or, la magenta, la céladon. Il cherche parfois dans un des dictionnaires du vieil homme de nouveaux noms de couleurs pour nommer plus précisément. Le vieil homme ne lui demande jamais ce qu'il cherche. Il aime juste le voir, absorbé, le doigt suivant les lignes. Il se rend compte qu'il a toujours aimé voir quelqu'un à l'étude, que c'est une vision reposante de l'humanité. Il trouve le monde si paresseux. Il se dit que lui non plus n'a pas échappé à cette grande paresse. Quand on laisse la souffrance vous prendre trop longtemps, on finit par être paresseux de sa propre vie. Oui, il l'a été. Revisiter la splendeur du jardin lui fait mesurer comme il s'en est privé longtemps.

Quand il s'assoit sur le banc de pierre, Marc Mazetti s'éloigne. C'est le temps de solitude du vieil homme. Il emporte le plus souvent un livre de poésie avec lui. Il dit que la poésie aide au vif de la vie. Que les mots gardent vivant même quand on croit qu'on est déjà mort. Il dit aussi que c'est une expérience, le poème, que cela sauve d'une trop grande paresse. Marc essaie de comprendre. Des poèmes, il n'en lit pas. D'ailleurs, la lecture ne fait pas partie de sa vie.

Lui, il aime le cinéma. L'histoire qui se déroule sans qu'il ait à y imprimer quoi que ce soit de personnel. Être avec d'autres, dans une salle, tous embarqués dans le même mouvement, le même rythme, choisi par celui qui s'est placé derrière la caméra. Personne ne peut arrêter le cours des images pour réfléchir ou rêver. Il aime ça. À la fin sortir par grappes, tous embrumés de morceaux de film, chacun les siens, mais ce qu'on garde de ce qu'on a vu, on l'a vu ensemble. C'est peut-être pour ça que les gens s'attardent toujours un peu à la porte des salles de spectacle. Marc reste lui aussi un peu, au milieu des autres, sort une cigarette qu'il ne fume pas. Les groupes se défont, s'éparpillent. Enveloppé de fragments d'histoire, il part alors, marche dans les rues, s'installe au fond d'un café et boit une bière en regardant les gens. Il aime dans sa tête le silence habité encore par les voix des personnages. Il le garde le plus longtemps possible. Quand il rentre chez lui, il laisse les mots faire revenir les images. Il a une mémoire étonnante pour les dialogues de cinéma.

De cela il ne peut pas parler avec Octave Lassalle. Le vieil homme n'y va pas. Il a dit Je ne peux pas rester assis aussi longtemps sans changer de position. Les jambes, mon cher monsieur, les jambes. Évidemment, Marc a repensé aux massages mais rien à faire, il ne s'y mettra pas.

Quand il quitte la grande maison, chaque matin, le vieil homme le suit des yeux, jusqu'au bout de l'allée, comme si son regard sur la silhouette de Marc Mazetti, jusqu'au bout de cette allée, faisait partie de leur temps ensemble.

Ensuite, Octave discute un peu avec Mme Lemaire, avant de prendre son déjeuner.

Mme Lemaire trouve parfois une trace de l'un ou de l'autre : un jour, un chandail oublié par Hélène Avèle. Elle a été étonnée de la finesse et de la douceur de la laine. Elle a respiré le parfum léger. Elle s'est dit que ça, c'était une femme qui aimait les choses élégantes et que ça devait coûter cher. Une autre fois, c'est un élastique à cheveux qu'elle a retrouvé. Il avait glissé du sac de Béatrice Benoît le jour où elle était en retard. Elle l'a posé bien en évidence sur le buffet de la cuisine. À se demander où elles ont la tête celles qui viennent ici ! mais bon, le docteur Lassalle sait ce qu'il fait.

N'empêche, ça lui fait drôle quand elle arrive maintenant le matin. Quelque chose a changé. Pas le docteur, il est toujours égal à lui-même, le même subtil composé de gentillesse et d'ironie. Même mieux, il faut le reconnaître, plus causant. C'est la maison qui a changé. Ça ne peut pas se raconter ces choses-là mais elle, elle les sent. Avant, quand elle entrait, elle mettait le pied dans un autre monde. Des maisons, elle en a vu au fil des ans : celles qui sont pleines d'enfants, et celles qui disent qu'on y vit seul ou à deux. Le désordre n'est pas le même. Le désordre lui en a toujours appris plus sur les gens que le choix des fauteuils ou des tableaux aux murs. Le désordre, c'est beaucoup plus intime. Mme Lemaire, elle qui est payée pour rendre à l'ordre une maison, a toujours été une amoureuse secrète du désordre. Pour tout ce qu'il révèle de la vie des autres. Elle range et nettoie mais d'abord s'imprègne des lieux tels qu'ils ont été laissés et elle sait tout de suite l'humeur de leurs propriétaires. Depuis le temps les maisons, c'est sûr, c'est son affaire.

Ici, il y avait quelque chose d'assoupi dans les objets, les meubles. Il fallait même parfois qu'elle se secoue pour que le travail avance comme il faut. Si elle n'y prenait pas garde, elle aussi s'engourdissait. Mais elle aimait ça. Elle a du mal à se l'expliquer. Elle aimait justement que le temps ici ne passe pas de la même façon qu'ailleurs. Ça la reposait de tout le reste.

Maintenant c'est comme si le docteur avait remonté les horloges, pour retrouver le temps des autres.

Peut-être est-ce juste ça, une maison habitée.

Il faut sûrement s'en réjouir. Pour le docteur. Mais elle, elle a un petit regret.

Elle sait comme tout le monde qu'il a été marié, qu'il y a eu le drame et qu'ils se sont séparés. La maison était habitée aussi, en ce temps-là. Le pull très doux encore à la main, elle s'est demandé comment c'était avant, quel genre de femme était la femme du docteur. Raffinée sans doute. Mettant du parfum comme celui qu'elle sentait sur le lainage si fin… Il n'y a plus aucune trace.

Un jour Hélène Avèle est arrivée à pied. D'habitude, elle se gare au bas du perron et Octave Lassalle reconnaît son arrivée au crissement du gravier, au bruit de la portière qu'elle prend soin de retenir pour qu'elle ne claque pas trop fort. Et seulement après, son pas. Qu'il attend.

Ce jour-là, elle l'a surpris. Son pas sur le gravier, annoncé par rien.

Elle a dit Un ami m'a accompagnée. Il m'a laissée à la grille. Il reviendra me chercher tout à l'heure.

Ah.

Elle s'est vite installée. Plus vite que d'habitude. Comme pour tout faire rentrer dans l'ordre. Elle a pris les journaux sur la table. Depuis qu'il lui a montré la photographie, il y a un accord entre eux. Tacite. Elle commence par les journaux. Il les reçoit tous les matins, coche les articles qui l'intéressent. Quand elle arrive, elle s'installe, lui en face, et elle lit. Parfois il ferme les yeux. Après la lecture, ils font une pause, un thé pour elle, sa tisane pour lui. C'est toujours lui qui prépare les boissons, il y tient. C'est seulement après qu'il va chercher la photographie.

Chaque jour alors, elle l'attend dans le salon en finissant de boire son thé. Elle fait le vide pour accueillir le visage de la jeune fille.

Il lui remet l'album.

Elle le prend.

C'est un moment sans parole.

Sans regard.

Il y a une prière dans les mains du vieil homme.

Il y a une réponse humble dans les siennes qui accueillent la photographie. Elle fera de son mieux.

Elle a demandé à être seule quand elle travaille. Elle monte dans "sa" chambre où elle a installé du matériel. Elle lui a dit dès le début qu'elle ne savait pas si elle parviendrait à réaliser ce qu'il souhaite. Il a répondu qu'il savait que sa demande était difficile. Depuis il ne pose pas de questions sur l'avancée du travail.

Quand elle est là-haut, il ne parvient pas à faire grand-chose. Il a du mal à lire, ne peut empêcher sa pensée de monter vers la chambre, la photographie. Même les poèmes se dérobent. C'est un temps dédié à Claire, à Anna. Sa pensée ne peut qu'y retourner. Toute la durée de la séance de travail là-haut. C'était inévitable. Mais le souvenir de Claire ne le prend plus au dépourvu comme lorsque la douleur, en mauvaise bête, lui plantait les crocs dans la chair, ne lâchait plus. Là, il sait que ça va venir. Il attend. C'est un rendez-vous. La pensée revisite plus lentement ce qui était trop douloureux. Comme si la présence concentrée d'Hélène Avèle sur le portrait de Claire soulevait un peu de sa souffrance, la portait. C'est la part invivable qui s'atténue. Parce qu'elle œuvre à donner un visage par ses propres mains ?

Ce jour où Hélène a été accompagnée par un homme, dans son fauteuil tourné vers le jardin, il a revu le corps de Claire.

Je ne l'ai pas vue grandir. En fait, je ne la regardais pas, je la sentais. Est-ce qu'on voit jamais ses enfants comme tous les autres les voient ? Je me rappelle juste comme j'ai été saisi, parfois, par sa beauté. Comme si je la découvrais, avec les yeux d'un autre. Pas une beauté de magazine de mode, non. Quelque chose de brut. Une énergie rayonnante. On ne pouvait pas y échapper. La vie chez elle c'était à l'état sauvage. Une vraie fille de chasseur. Anna avait peur de ce qu'elle pressentait. Ce corps qui ne se satisferait jamais de demi-mesure. Elle aurait aimé la "tenir" davantage. Moi je sentais que rien ne l'arrêterait. Rien. Et j'aimais ça.

C'était comme si elle allait vivre avec toute l'ardeur que j'aurais aimé mettre à ma propre vie. Elle ne se demandait pas si elle existait ou pas, Claire. Elle était pleinement présente. C'est tout.

Est-ce qu'elle aurait roulé moins vite si elle n'était pas allée rejoindre un amoureux ?

Où est-il aujourd'hui, ce jeune homme que nous ne connaissions pas, qu'elle gardait secret ? Encore, je lui en veux encore. De m'avoir enlevé ma fille trop tôt. Le corps de Claire était fait pour la vie. Lui, il doit avoir maintenant femme et enfants. Il doit vieillir aussi. Est-ce qu'il pense à elle parfois ?

La tombe de ma fille.

Je n'arrive toujours pas à imaginer quoi que ce soit.

Que sa mère emporte son corps muré loin de la vie, cela m'était égal. Ce n'était plus son corps puisque la vie l'avait quitté. C'était un corps. Comme j'en ai rencontré pour la première fois, à la fac de médecine, il y a si longtemps. J'ai appris. Pour moi, ce n'était plus elle. La seule chose que j'ai exigée d'Anna c'est qu'il n'y ait pas d'incinération. Son corps devait se joindre à chaque brin d'herbe, à chaque parcelle de terre. Le corps de Claire doit reverdir dans chaque arbre, dans chaque pousse de chaque printemps. C'est tout ce que je peux imaginer.

Moi j'ai gardé la maison de son enfance, de ses premières découvertes, de sa vie. Le reste, que cela retourne au grand tout ou comme on voudra l'appeler. Que ça vive. Autrement. Sous une autre forme. Mais la vie. Toujours.

Aujourd'hui j'ai besoin de son visage. Parce que je le perds. Dans le temps il se confond parfois avec celui de sa mère. Et je ne veux pas.

Que saura peindre Hélène Avèle? Depuis si longtemps je n'avais pas sorti la photographie. La seule échappée à Anna. Pourquoi ai-je accepté qu'elle emporte tout de Claire, dans ce tourbillon? Ses vêtements, ses objets préférés, ses vieux classeurs de lycée. Tout. Elle prenait elle prenait. Mon dieu je me rappelle, j'en avais la nausée de la voir se précipiter sur un souvenir, un autre, puis s'arrêter net, comme prise soudain dans le ciment, les pieds rivés au sol, le corps oscillant, à peine, avant de se remettre à sa quête effrénée.

Moi je n'étais plus qu'un poids, immense, sur terre. Immobile. N'osant plus bouger un doigt. Comment le monde pouvait-il continuer? Si je bougeais, est-ce que tout n'allait pas s'arrêter? Je devenais fou. Autrement. De l'intérieur. Ma folie invisible.

Le vieil homme s'est levé, il est retourné dans son bureau. Il sort son cahier. Sur ses genoux, il écrit.

Ainsi sont-ils deux à "travailler" dans la maison. Il écrit un haïku pour Claire.

Le papillon posé sur ton doigt,
ma fille.
Éphémères

Il a refermé le cahier. Il guette le pas d'Hélène Avèle dans l'escalier. Il pense à l'homme qui l'a accompagnée. Elle a dit "un ami". À sa façon de l'évoquer, si brève, à sa façon de passer si vite à la lecture des articles, comme pour éviter toute question, il en est sûr : l'ami est un amant.

Et il en est dérangé.

Alors je les veux pour moi tout seul, les quatre? On ne peut donc jamais en sortir de cette possession qui empoisonne, dès qu'on s'attache?

Il se rappelle quand il exerçait. Là, il n'appartenait à personne et personne ne lui appartenait. Là, il œuvrait, c'est tout. Et il était libre. La liberté, ça ne se compte pas au nombre d'heures qu'on passe à travailler ou à faire quoi que ce soit, non. C'était ce sentiment, fort, de ne plus appartenir à qui que ce soit. Juste être un humain parmi les humains, pour eux, avec eux, sans hiatus. Être à sa place. Et œuvrer, l'esprit libre.

Relié à tous. Attaché à aucun.

Il se dit qu'œuvrer sauve de tout. Se concentrer totalement. Évacuer de sa tête de son cœur tout ce qui gêne. Être entièrement à ce qu'on fait. Et c'est tout. La belle expression. Oui, c'est vraiment "tout". Alors quelque chose s'ouvre. Une joie dans cette solitude. Et c'est ça qu'il a connu : cette joie-là, à nulle autre pareille, profonde, indicible.

Il se dit que les miracles c'est de là qu'ils viennent. Pas d'un dieu tout-puissant hors de chaque être humain. Les miracles prennent leur source dans la capacité à être totalement présent, il en est sûr.

Celui qui venait vers le Christ, tout entier à sa croyance, tout le reste aboli, avait une chance de guérir, bien sûr. Parce qu'il était tout entier présent à l'espérance, c'est tout.

Et le Christ ne servait qu'à ça. Il ne voulait rien, le Christ. C'était un homme qui, par amour, savait s'abstraire. C'est cela qu'il lit dans les Évangiles. C'est cela que doit parvenir à faire Hélène Avèle. Par le dessin. Par la peinture.

Il faut un amour vaste. Et si Hélène Avèle a un amant, saura-t-elle garder cet amour-là pour faire le portrait qu'il lui demande ?

Je suis un vieux fou. Dans cette maison c'est moi qui continue à croire, envers et contre tout, qu'il y a quelque chose de plus fort que la mort, quelque chose de plus intéressant que la mort.

Si je me suis si longtemps arrêté devant chaque portrait du Fayoum dans les musées, à Toronto, à Londres, à New York, au Louvre, au Caire, c'est parce que déjà je cherchais ce que leurs regards me disaient. Ces visages étaient pour moi comme des silhouettes posées en haut d'une falaise. Face à l'horizon, la mer en bas. Des visages de crêtes.

Je n'imaginais pas qu'un jour moi aussi je demanderais à un peintre de faire un portrait pour la mort et que ce serait ma fille, le modèle.

Anna détestait ma fascination pour ces portraits au moins autant que la chasse. Cela la révulsait. Elle ne comprenait pas.

Ce n'est pas la mort qui m'intéresse, c'est la vie. Le sacré c'est ce qui relie les deux et j'ai eu beau chercher aussi bien dans la science que dans la religion, je ne trouve pas l'envers du lien. J'ai vu comment on pouvait faire du mort avec du vivant, ça oui, c'est facile, mais l'inverse, le lien dans l'autre sens, je n'ai jamais trouvé. Comment faire du vivant avec du mort ?

Est-ce qu'il aurait fallu tenter l'opération ? Est-ce que j'aurais pu, de mes mains, retourner le cycle ?

J'ai eu peur.

Oui, j'ai eu peur.

Redonner au vivant ce qui est déjà pour la mort, c'est un pouvoir qui dépasse ce qu'on sait, ce qu'on a appris. Le Christ, lui, a osé. Moi pas.

Est-ce que les hommes peuvent ce genre de choses ?

Est-ce que l'amour que j'avais pour ma fille était suffisant ?

Je suis un homme de l'immanence. Pas de la transcendance. Je n'ai pas tenté l'impossible. Penser réussir, c'était déjà accéder à une dimension qui me plongeait dans l'effroi.

J'ai eu peur. Oui. J'ai toujours cru que ma peur, c'était de ne pas y arriver.

Aujourd'hui je me dis que mon véritable effroi, c'était peut-être de réussir.

Alors quoi, j'attends de ces quatre que j'ai réunis, qu'ils me tiennent bien cloué au sol ou qu'ils réussissent à aller jusqu'où moi je n'ai pas osé ?

Est-ce qu'Hélène Avèle a perçu les questions du vieil homme ? Est-ce sa peau caressée à une autre peau toute la nuit et promise à la caresse de la nuit qui vient ? Elle commence à sentir l'ombre autour du visage de la jeune fille. Ses doigts esquissent comme un contour. Pour la première fois elle a envie de lui parler.

Le temps est passé et Hélène n'est toujours pas descendue. Yolande Grange est arrivée. Elle a dit C'est allumé chez la peintre. Le vieil homme a répondu Elle travaille encore je pense. Il n'a pas demandé à Yolande s'il y avait une voiture qui attendait à la grille. Il espère secrètement, et il s'en veut de cela, que l'amant se sera lassé.

Quand Hélène Avèle est descendue, elle a lancé J'ai complètement oublié l'heure, il faut que je file. Elle a ramassé sa veste son écharpe à la volée, son sac passé à l'épaule comme d'habitude. Il était assis, un livre à la main, n'a pas bougé. Elle a oublié de lui remettre la photographie et elle est déjà dehors courant dans l'allée quand il s'en rend compte.

Face à la grille, la voiture l'attend toujours. Elle se penche à la portière du conducteur. Il a laissé la vitre ouverte. Elle passe la tête, l'embrasse. Sa bouche retrouve avec un plaisir infini les lèvres de l'homme, elle les caresse furtivement d'un doigt comme si elle les dessinait. Il a un livre à la main. Il sourit.

Vite elle se glisse à ses côtés. Il passe la main sur ses cheveux. D'un coup elle retrouve l'odeur de la nuit. Elle pose une main sur sa cuisse. Elle dit Si tu savais comme je suis heureuse.

Le jour décline et le vieil homme n'a pas bougé de son fauteuil. La photographie est peut-être restée là-haut mais demander à Yolande Grange d'aller la chercher c'est entrer avec elle sur un territoire où il n'a pas choisi de l'emmener.

Téléphoner à Hélène Avèle ? Pour lui demander quoi ? Si elle l'a emportée par mégarde ? Cette photographie ne doit pas quitter la maison, bon sang, elle le sait ! Ah comme il se sent mal ! C'est ça, la louve dans la bergerie ?

Octave Lassalle rumine. Il sent une douleur qui commence à lancer. C'est là, il le sait, sous le plexus que ça se passe. Ah.

Quand Yolande Grange arrive, une pile de torchons sur les bras et qu'elle lui demande si elle doit les mettre aux choses à donner, il ne peut retenir un geste d'irritation Faites-en ce que bon vous semble, je m'en contrefiche !

Il ne lui a jamais parlé sur ce ton.

Tiens, la bête sort de son trou ! se dit Yolande. Il y a toujours un moment où le plus beau vernis du monde craque. Elle, c'est à cela qu'elle jauge l'adversaire. Tant que la politesse a le dessus, on ne peut rien savoir vraiment des gens. C'est toujours au moment où ça se fendille qu'on sait exactement de quoi le bois est fait.

Il se reprend aussitôt.

— Excusez-moi madame, je suis contrarié et…

— Y a pas de mal, ça arrive à tout le monde. Et elle enchaîne Mais pour les torchons, il vaut mieux y regarder à deux fois. C'est du tissu comme on n'en fait plus, et brodé avec des initiales. C'est dommage de les jeter ou de les donner n'importe où.

Octave ferme les yeux. Il revoit Anna qui sortait d'une valise des nappes fines, des serviettes. Il entend sa voix à l'accent lent C'était à ma grand-mère, elle avait brodé ses initiales et ceux du grand-père enlacés, regarde si c'est beau, ce travail ! Lui, c'est elle qu'il regardait. C'était l'époque de leur installation dans la grande maison. Elle chantait tout le temps, des vieilles balades canadiennes, il adorait, il disait qu'il la pistait à la voix dans la maison. Quand il la retrouvait dans une pièce ou l'autre, elle le laissait en riant déboutonner gilet et corsage, trouver ses seins et les embrasser avec une telle ferveur qu'elle en perdait le souffle. Comme il avait relégué tout cela loin de lui. Comme il s'était relégué lui-même. Loin.

— Posez-les là, près de moi, madame, je verrai ça plus tard.

— Très bien. Les voilà.

Elle ne lève pas les yeux sur lui. Un patron qui reconnaît ses torts, c'est fragile. Il ne faut pas en rajouter.

Elle remonte vite dans les étages. Maintenant cette maison, elle la connaît. Elle s'est apprivoisée aux couloirs, aux portes, aux rideaux lourds. Partout il y a des tableaux, des statuettes, de beaux objets. Elle ne sait pas mesurer l'exact prix de ces objets mais elle s'est bien rendu compte de la richesse du lieu et du même coup de la confiance qui leur était faite, à tous les quatre. Elle pourrait empocher un petit tableau ou une statuette sans que personne ne s'en rende compte. Ce serait vite fait. Ça se revendrait. Il y a des pièces où personne ne rentre, ça se voit. Juste cette Mme Lemaire qui fait le ménage et doit tout connaître, pièce par pièce, elle en est sûre. Elle imagine bien qu'elle surveille les choses. Et eux par la même occasion. Mais ce n'est pas ça qui a retenu le geste qui lui permettrait de réaliser son rêve pour elle et Louise. Non, ce qui la retient est un mot désuet. Le mot "honnête".

C'est un mot qu'elle n'a jamais pu accoler à sa famille.

Sa mère appelait le père "le malhonnête" c'est tout ce qu'elle a pu en glaner en seize ans. Et quand elle a quitté le village pour sa première place, comme bonne à tout faire au village voisin, elle s'est avoué que sa mère non plus n'était pas "honnête". Il faut être seule pour se rendre compte clairement de ces choses-là. Tant qu'on est auprès des gens qu'on aime, on ne peut pas. Oh ce n'était pas grand-chose, la malhonnêteté de sa mère, c'était dans les comptes qu'elle falsifiait toujours un peu : trois heures de couture au lieu de deux, ça ne va pas chercher loin. Et puis elle disait C'est pas de ma faute si je travaille plus vite que les autres, je vais pas m'enlever pour autant le pain de la bouche ! Mais la petite fille qu'elle était l'avait vue prendre aussi le fil de moins bonne qualité, ne pas le doubler quand il aurait fallu pour que la couture tienne plus longtemps et puis il y avait les soirs où "ça coud pas droit" comme elle le répétait et ces soirs-là, Yolande se couchait vite. Le lendemain, sa mère ronflait tard et la fillette rangeait le tissu qui traînait dans la "travailleuse", ce petit meuble qu'elle aimait. Les tiroirs s'ouvraient de chaque côté en glissant, elle regardait les fils de toutes les couleurs, les aiguilles dans leurs pochettes, bien rangées en ordre. Elle se rassurait à cela, l'ordre des outils de travail de sa mère. L'ordre qui demeurait même quand la mère "ne cousait plus droit". Et elle savait que tout ce qui avait été grignoté sur les factures faites sur les bouts de papier au crayon, avait été avalé, verre sur verre, pendant la soirée. Quand la mère se réveillerait, mauvaise et pâteuse, il faudrait faire comme si de rien n'était et trouver tous les prétextes pour la laisser seule se reprendre, il valait mieux. La petite Yolande rougirait en croisant les clientes de sa mère au village, ou au bourg le jour du marché.

C'est de cette enfance que lui est resté le goût absolu de l'honnêteté, comme si cela devait protéger de tous les vices des pauvres vies.

Alors Octave Lassalle a bien raison de laisser tous ces trésors sous leur nez, elle, elle n'y touchera jamais.

Elle se demande ce qui a pu déboussoler le vieil homme comme ça. D'habitude, il est toujours pensif, c'est sûr, pas très causant, mais elle se sent toujours rassurée par quelque chose chez lui. Comme si rien de mauvais ne pouvait venir de cet homme-là. Son irritation l'a surprise, pas blessée. Il était ailleurs. Dans un autre monde. C'est un drôle d'être. Mais eux quatre aussi, ce sont de drôles d'êtres. Elle l'a très bien senti le jour où il les a réunis.

Elle est entrée dans la pièce, au premier étage, où elle a trouvé la pile de torchons brodés. Quelque chose dans cette pièce l'arrête depuis qu'elle en a ouvert la porte la première fois. Une odeur particulière, une paix tranquille, elle ne saurait dire. C'est une pièce de femme, ça, elle en est sûre. Et son luxe à elle, c'est de s'y arrêter de temps en temps. Aujourd'hui elle l'a bien gagné !

Dans cette pièce, elle aime particulièrement une statuette posée sur un guéridon face à la fenêtre. Dans la lumière du soir, on dirait que la statuette irradie. Une chaleur. C'est du bronze, elle l'a déjà soupesée, c'est lourd. C'est une silhouette de femme, nue, qui parle à une tête qu'elle tient précieusement dans ses deux mains. On dirait qu'elle lui murmure des choses. La tête est celle d'un homme comme venu du fond des eaux, des algues dans les cheveux. La statuette la ramène aux photographies du village englouti. Elle ne sait pas pourquoi elle sent qu'il y a quelque chose qui lui parle, rien qu'à elle, là-dedans.

Aujourd'hui, elle s'octroie de s'asseoir, la statuette posée sur son tablier, sur ses genoux. Elle pense à Louise et à l'enfant qui va naître. C'est tout un monde ça. Parfois elle a le vertige, rien que d'y penser. C'est peut-être une vraie folie. Elle ne peut pas dire ce qui l'a poussée à s'occuper de toute cette vie qui n'est pas la sienne. Ce qu'elle sait, c'est que maintenant quelque chose d'elle est lié à la petite. Parfois elle aimerait lui prendre elle aussi la tête dans ses mains et lui murmurer des choses. Le mot qui vient dans sa tête, c'est "précieux". Est-ce qu'on peut dire à une jeune femme Tu es précieuse, pour moi ? Est-ce que c'est cela que les mères éprouvent pour leurs enfants ? Elle, elle ne s'est jamais sentie précieuse comme ça pour sa mère. Elle ne sait pas nommer ce qui l'attache à Louise. Mais c'est si fort. Elle caresse lentement la statuette. Le lisse du bronze sous sa paume lui donne une sensation de douceur, comme si c'était sa propre main qui était devenue lisse, douce. C'est ce qu'elle aime avec les objets, ils transforment ceux qui les touchent, petit à petit, elle en est sûre. Elle, elle n'aurait jamais pris le temps de penser sans cet objet posé sur ses genoux, qu'elle caresse. Qui l'a fabriqué ? Quand ? Pourquoi quelqu'un a-t-il passé du temps de sa vie à faire cette étrange femme qui parle à une tête toute seule, sans corps ? Elle ne sait pas. Mais à travers le temps, ici, cette statuette lui permet de rêver, comme si elle l'avait rejointe.

Elle l'a encore dans les mains quand elle entend le pas d'Octave Lassalle. Il la cherche ? Il ne monte jamais quand elle est à l'étage. Elle repose vite la femme sur son socle et sort de la pièce.

— Vous avez besoin de quelque chose, monsieur ?

— Ah, madame ! Je vous croyais là-haut. Il montre du bout de sa canne le deuxième étage.

— Non, les torchons c'est ici que je les ai trouvés.

Il regarde la porte derrière elle, puis passe sa main sur son front, lentement en murmurant Bien sûr bien sûr… Quand il relève la tête il plante son regard clair dans le sien C'était la pièce où ma femme aimait se reposer, faire de la broderie, lire. C'était sa pièce.

Yolande se sent gauche elle pense Alors elle doit être morte, mais elle entend la voix d'Oscar Lassalle qui murmure Elle est partie, ça fait si longtemps. Je ne savais pas qu'elle avait laissé ces torchons, ils avaient été brodés par sa grand-mère… Il parle si doucement qu'elle se demande si les paroles sont vraiment pour elle. Elle repense à la tête d'homme tenue par la femme de la statuette, tout près de son oreille. La tête toute seule avec ses cheveux emmêlés d'algues, des paroles venues du fond de l'eau… Elle ne dit rien.

Alors soudain il lance Gardez-les ces torchons madame. Gardez-les. Vous pouvez les emporter.

Elle ne sait pas quoi dire, n'a même pas le temps de chercher comment remercier, il est déjà parti dans sa chambre. Alors soudain, elle imagine les yeux de Louise quand ils se poseront sur les broderies, elle sait que la petite aime les belles choses et elle sent sa poitrine se gonfler à l'idée qu'elle va lui apporter de la beauté à toucher, bien pliée, bien repassée, si douce. Une bouffée de joie.

Octave Lassalle a attendu un appel d'Hélène. Rien. Il a pris son repas seul. Yolande Grange a demandé si elle pouvait emporter son plateau au jardin. Il a hoché la tête Bien sûr, ne demandez pas, madame, le jardin vous est ouvert. Elle est restée assise, le plateau sur les genoux, sur les marches du perron.

En voilà une qui s'apprivoise. Je devrais me réjouir mais la photographie de Claire me manque trop. J'ai besoin qu'elle revienne dans mes mains après chaque séance de travail. La toucher, la ranger. C'est comme ça. Le geste me manque. Ah le mot "déranger", comme il sonne juste. C'est ce que j'ai cherché. Déranger mes habitudes pour faire de la place au vif. Et voilà. Je ne sais pas ce soir où est la photographie de Claire et je ne le supporte pas. C'est idiot que cela me perturbe à ce point. J'ai la poitrine serrée. Je connais ça. Ah comme je déteste me laisser prendre par cette angoisse stupide. C'est ma fille que j'ai perdue. Alors une photographie, hein !

Aide-moi Claire. Je t'en prie, aide-moi. Moi qui n'ai pas pris le risque de te sauver. J'ai besoin de toi. Fais-moi entendre ton rire, dis-moi que tout ça ne compte pas, que ce qui compte c'est que je t'ai aimée. À ma façon. Tellement. Et que tu m'as aimé, toi aussi, la seule à me bousculer quand je ne voulais pas sortir, trop pris par mes recherches, les articles à lire. Toi qui savais tout balayer juste en riant et en posant ta tête sur mon épaule. Aide-moi à supporter que je ne sache pas ton visage bien en sécurité dans l'album.

Octave Lassalle reste assis sur le fauteuil devant la fenêtre de sa chambre. Il entend les pas de Yolande Grange, son Au revoir, monsieur ! clair comme à l'accoutumée, à la porte de la maison. Il lui sait gré de ne pas être venue lui demander s'il avait besoin de quelque chose. Il la voit s'éloigner dans l'allée vers sa voiture garée près de l'entrée. Elle porte bien enveloppés dans un sac en plastique les torchons brodés.

Cette nuit-là le vieil homme ne trouve pas le sommeil, une fois de plus. Et il n'ouvre ni l'Ecclésiaste ni les Évangiles. Il a besoin de vide. Le vide dans l'album, il le laisse résonner en lui. Qu'est-ce qu'un simple morceau de papier, l'empreinte d'un visage défait depuis si longtemps, suffisait à combler ?

Rien ne remplace le vivant.
Il faut bien accepter qu'il n'y a rien.

À l'intérieur de lui, une terre arasée. Il a besoin de poésie, c'est tout. Il a besoin à nouveau du calme des haïkus. Tout ce blanc entre les mots, tout ce vide qu'on ne comblera jamais. Et puis un mot, un seul, et le monde qui bat, fragile, éphémère, tenu par un seul mot. Ça, c'est quelque chose. Il y croit encore, allez savoir pourquoi. On a beau être un profane, la foi, elle va se loger où elle peut. Pourquoi pas dans les mots ?

Alors, pour apprivoiser ceux qu'il a fait entrer chez lui, au risque du dérangement, il se récite les haïkus qu'il a trouvés pour chacun d'eux la première nuit. Sur son lit, le dos calé contre les oreillers, il laisse son regard aller sur les ombres de la chambre. Inutile d'allumer la lumière, la pénombre convient.

Pour Hélène il a en tête les vers de Shusai

Premier lever de soleil
il y a un nuage
comme un nuage dans le tableau

Il n'a pas encore saisi le nuage dans le tableau. Mais cette nuit il le sent, tout proche. Comme un brouillard dans lequel elle est enveloppée. Il se répète le haïku. La photographie, l'a-t-elle emportée dans son nuage ?

Il s'oblige à penser aux autres. Il ne va pas passer toute la nuit à ruminer l'absence de la photographie, non. Il s'oblige à continuer.

Pour Yolande, le haïku de Bashô

Souffle le vent d'automne
mais les bogues des châtaignes
sont vertes.

C'est bien ça. Et depuis le premier jour cela ne se dément pas. Penser à Yolande lui fait du bien. C'est sa vigueur, certes, qui est contagieuse, mais il y a autre chose. On ne sait jamais où la vigueur a pris sa source chez les êtres. Dans la même famille, il avait vu tant de fois au cours de ses années d'exercice comment la vigueur se donne à l'un, se refuse à l'autre. La génétique, c'est injuste. Chez Yolande Grange, il en est sûr, les choses viennent de loin. Elle appartient à l'une de ces lignées de femmes qui résistent à toutes les tempêtes, on ne sait par quelle force. Des déesses prosaïques. Est-ce qu'Anna n'en était pas une, masquée derrière les couches de vernis d'une éducation bourgeoise ? C'est dans sa foi brute, quotidienne qu'affleurait cette force. Il aimait ça. Cette force-là lui a manqué. Il mesure à quel point il y avait trouvé un appui. Comme c'était rassurant de pouvoir s'opposer à quelqu'un qui résistait si bien.

Il s'en veut d'avoir rabroué Yolande Grange tout à l'heure.

Son dos le fait souffrir. Il ne se résout pas à faire venir un kiné pourtant il est de moins en moins sûr que Marc Mazetti se mette aux massages. Il essaie une autre position, sans succès. Il allume sa lampe de chevet, parfois la lumière fait diversion à la douleur. Il feuillette son livre de haïkus.

Pour Marc c'est toujours le même qui revient

Nu
sur un cheval nu
sous la pluie tombant à verse.

Le haïku d'Issa.

Juste au-dessus de sa tête, il entend alors un piétinement. Le hasard a fait que c'est cette chambre qu'a choisie, le premier jour, Béatrice Benoît. Son pas, au début, toutes ces nuits, l'a dérangé. Pourtant elle veille à retirer ses chaussures, il s'en est rendu compte. Mais parfois, comme à cet instant, il ne sait pas ce qu'elle fait, il entend une sorte de piétinement feutré puis des pas, nettement, comme si elle déroulait le pied du talon à la pointe. Étrange. Il voulait lui proposer une moquette ou un tapis épais mais il ne l'a pas fait. Il n'a posé aucune question, se disant que c'était le contrat. Il fallait accepter ce que chacun des quatre apporte avec lui, avec sa vie, même si cela dérange.

Cette nuit, il écoute. Il cherche ce que signifient les lignes qui se tracent au-dessus de sa tête. Soudain tout s'arrête.

C'est parce qu'il entend son pas dans l'escalier qu'il trouve l'énergie de se lever, d'ouvrir sa porte. Il la cueille sur le palier.

— Mademoiselle Benoît ?

— Oh excusez-moi je vous ai réveillé, je descendais chercher de l'eau. Je suis désolée.

Elle porte un long tee-shirt rayé qui lui descend jusqu'aux genoux et ses pieds sont nus. Il est habitué à la voir en ballerines et tee-shirt, cela ne la change guère. Pourtant il ne sait quoi dans son allure diffère de la Béatrice Benoît qu'il côtoie tous les soirs. Elle fait un geste pour repousser ses cheveux sur l'épaule et il comprend : ses cheveux ne sont plus attachés. Étonnamment ça lui fait perdre son air enfantin. Sa chevelure longue, opulente, en fait une femme qu'il ne soupçonnait pas.

"Vous ne m'avez pas réveillé, je ne dormais pas."

Il ne sait plus ce qu'il pourrait dire à cette jeune femme qui hésite sur la dernière marche, juste avant le palier, il n'ose pas la questionner sur ce qu'elle fait dans la chambre. Il lance :

— Pouvez-vous me monter aussi un verre d'eau, s'il vous plaît ?

— Bien sûr.

Soulagée, elle file rapidement et descend.

Les jeunes filles sont toujours surprenantes. Elles sont femmes là où on ne les attend pas. Ce ne sont ni les seins ni le maquillage qui les révèlent. C'est soudain un détail, à leur insu. Il se rappelle la phrase de Roland Barthes "C'est la première fois que je vois que vous avez un corps". Si juste. Il se rappelle parfaitement la première fois où il a été confondu par la féminité de sa propre fille : c'était le jour de la photographie. Elle portait des vêtements qu'il connaissait bien, une robe qu'elle portait souvent, verte, toute simple, et des sandales à lanières. Elle marchait devant lui et quand elle s'était retournée pour lui dire il ne se rappelle plus quoi, elle avait eu un mouvement des épaules, de tout le corps, qui l'avait ravi. Ce n'est rien un mouvement d'épaule et pourtant. Mon dieu comme elle est belle ! voilà ce qu'il s'était dit. Un coup au cœur. Il s'en souvient encore. C'est ce jour-là aussi qu'il a appris l'existence de l'amoureux. Comment un jeune homme ne serait-il pas sensible à cette beauté-là ?

Il se rappelle. Elle s'était approchée de lui pour la photographie, elle avait penché sa tête, elle riait Vite j'ai le soleil dans l'œil, elle avait posé ses mains légèrement sur ses épaules et il s'était senti fier. Oui fier d'être le père de cette fille-là. Et heureux.

C'est Anna qui avait pris le cliché.

Que voyait-elle, Anna, quand elle les regardait tous les deux ? Avait-elle peur, déjà, de l'ardeur de leur fille ? Ou était-elle une mère comblée, heureuse ? Oh comme la vie ne donne pas le temps des questions au bon moment ! comme c'est toujours trop tard.

"Excusez-moi, je le pose où ?" Béatrice Benoît est là, un peu gênée, le verre d'eau à la main. Il ne l'a pas entendue arriver.

Elle est si jeune, elle aussi.

"Merci mademoiselle. Je vais le prendre."

Elle reste devant lui, elle a ramené tous ses cheveux sur un côté. Ils lui couvrent l'épaule. Elle ignore la grâce qui émane d'elle à cet instant. Et c'est cela aussi qui fait partie de la beauté. Il n'a pas envie qu'elle reparte déjà. La beauté de la jeune femme l'émeut. Retourner à sa solitude, sans la photographie, même avec l'aide des poèmes, il ne peut pas. Pourquoi a-t-il tant de mal à trouver pour elle un haïku ?

— Puis-je vous demander un service, mademoiselle ?

— Bien sûr.

— Voyez-vous, Mme Avèle, notre amie peintre, travaille à partir d'une photographie que je lui ai confiée. Normalement, elle me remet la photographie à la fin de chaque séance. J'y tiens beaucoup. C'est un souvenir de famille...

Elle le regarde et il a à nouveau ce sentiment d'être enfermé, doucement, dans une clairière, au fond d'une forêt. Cette intensité qu'elle ne soupçonne pas dans son regard prend celui qu'elle regarde complètement, avec une force et une tranquillité étonnantes. Il se laisse prendre.

— Oui ?

— Eh bien aujourd'hui, elle a travaillé plus tard que d'habitude et elle a oublié de me remettre la photographie en partant.

Il ne parle pas de l'homme qui devait l'attendre, du pas précipité d'Hélène, de sa course dans l'allée. Il en est encore blessé et il trouve cela stupide.

— Vous voulez que j'aille la chercher ?

— S'il vous plaît, oui. Elle travaille dans sa chambre. Elle préfère être seule pour se concentrer...

— Pas de souci. J'y vais.

Elle lui sourit en partant.

Depuis combien de temps n'y a-t-il eu aucun pas la nuit dans cette maison ? Le vieil homme attend. Il ne sait plus s'il attend de revoir le visage de Claire ou celui de Béatrice Benoît.

Béatrice a poussé la porte d'Hélène Avèle timidement. Elle entre sur le territoire d'un des trois autres, ce qu'elle ne s'est jamais autorisée à faire, même si parfois, au fil des semaines, l'envie lui est venue de visiter ces chambres vides la nuit. À la recherche d'elle ne savait quoi.

Le lit dans la chambre d'Hélène n'est pas défait mais on y voit l'empreinte d'un corps allongé. Une présence en creux. La sensation de la présence est intensifiée par le parfum que garde la chambre. Béatrice fait vite. Elle se défend de la sensation gênante d'effraction en s'appuyant sur la demande d'Octave Lassalle. Mais la gêne persiste. La voilà dans le monde d'Hélène Avèle. Sur la table poussée vers la fenêtre elle repère les mines de graphite, une gomme très usée et des feuilles de papier à dessin. Elle les soulève délicatement pour voir si la photographie ne se cache pas dessous. Mais rien. Alors, elle ne peut s'en empêcher, elle regarde, vite, les dessins les uns après les autres. Avec toujours cette sensation de faire quelque chose d'interdit. Troublée, au début elle ne voit pas du tout ce qu'ils représentent, elle ne perçoit que des ombres, des taches sombres. Mais peu à peu quelque chose prend forme, un contour, un visage peut-être. Et elle est envahie par quelque chose d'indéfinissable.

Elle reprend, regarde à nouveau chacun des dessins. Si troublée. Ce visage comme frotté par le temps, venu de si loin, réveille en elle une sensation familière, le dessin peu à peu matérialise quelque chose, sous ses yeux. Pourtant c'est bien de l'intérieur d'elle-même que cela vient. Ce ne sont pas les traits qu'elle reconnaît, c'est la sensation que donne un visage qui se révèle par son ombre. Quelque chose de la trace, de l'empreinte. Il est là le trouble. C'est ce qui a régné sur toute son enfance. Elle est rejointe ici par la sensation de la présence de l'ange. S'il devait lui apparaître, ce frère mort dont elle ignore la face, ce ne pourrait être que de cette manière. Par les ombres.

Elle repose les feuilles. Elle est envahie. Tout son corps est envahi. Jusqu'à la plus petite parcelle. Plus rien n'échappe au trouble étrange contre lequel elle lutte depuis qu'elle est toute petite : la peur et l'envie de se fondre dans l'ombre. Les deux à la fois.

Elle s'en éloigne. Vite. Elle referme la porte derrière elle. Si elle pouvait, elle donnerait un tour de clef. Enfermer tout ça. Il faudrait des portes et des portes et des clefs. Comme dans les contes.

Elle sait déjà qu'elle ne pourra plus s'empêcher d'avoir envie de revenir dans cette chambre, encore et encore. En cachette.

Octave Lassalle est toujours assis dans son fauteuil quand elle réapparaît à la porte de sa chambre. Ses mains vides, il les voit tout de suite. Il tourne son visage vers l'obscurité du jardin. Béatrice s'est approchée. Elle ne dit rien. Elle voudrait lui confier le visage qui apparaît, les ombres qui sont en train de le faire apparaître. Se délester. Faire sortir d'elle l'étrange sensation. Elle ne peut dire que Il n'y a rien.

Le vieil homme fait un geste de la main, comme pour signifier que tout cela est inutile, qu'il s'en doutait.

Et soudain il se tourne vers elle, elle, bien présente, bien vivante, là, près de lui. Il ne réfléchit pas. Simplement il murmure Parlez-moi de vous, mademoiselle.

Les mots prononcés si vite et si bas. Un appel. Est-ce qu'il a senti le trouble qu'elle ramène avec elle de la chambre d'Hélène Avèle ?

Il lui fait signe de s'asseoir en lui désignant le lit. Elle se pose à peine sur le bord. Elle n'est pas à l'aise. Cela fait des nuits maintenant qu'elle dort dans cette maison mais, à part quelques conversations anodines sur ses études, Octave Lassalle ne lui a jamais rien demandé de personnel. Elle s'est apprivoisée dans cette distance.

Il n'y a eu jusqu'à présent entre eux que des sourires, quelques échanges polis et un soir, l'écoute d'un Nocturne de Chopin à la radio. Il aime s'installer en bas, dans le grand salon, et écouter de la musique. Le matériel dont il dispose lui permet un vrai plaisir d'amateur exigeant. Ce soir-là il avait vu qu'elle aussi écoutait, sa tisane à la main, avant de monter. Au lieu du Bonsoir habituel, il lui avait proposé de partager ce concert avec lui. Simplement. Elle avait aimé ce moment. Un oubli de chacun dans la musique lente, une musique qui semblait émaner de la maison tout entière pour les envelopper tous les deux. Chacun dans sa distance. Un souvenir très doux. Depuis ce soir-là, il était arrivé à Béatrice de penser au vieil homme dans la journée.

Cette nuit, la distance se réduit. Juste quelques pas entre leurs deux visages. Elle est intimidée.

Personne ne lui a jamais demandé de parler d'elle. Ni ses parents. Ni ses amants. Dans l'étrangeté où elle se trouve depuis la découverte des portraits, elle sent qu'elle aimerait mais elle dit Je ne sais pas.

Alors, toujours aussi bas, mais très lentement c'est lui qui se met à parler.

Il dit la photographie et le visage de Claire qu'il perd peu à peu. Il dit sa demande à Hélène Avèle.

Il parle aussi des portraits du Fayoum et de cette quête qu'il avait entreprise de les voir tous, disséminés dans le monde. Pour trouver quelque chose. Comment on se tient devant la mort. Comment on peut, les yeux bien ouverts et le regard ancré dans un autre regard, se tenir sur le bord de la vie. Juste au bord.

Elle l'écoute.

Il y a des moments où plus rien ne nous relie à ce qu'on connaît. Plus rien ne nous retient. Comme des cerfs-volants lâchés dans l'immensité, on découvre à l'intérieur des poitrines comme tout y était vaste et attendait.

Ils sont protégés, par la maison silencieuse, par chaque arbre, chaque plante du jardin.

Elle écoute.

Comme lorsqu'elle s'est laissé emporter par la musique. Les vibrations basses de la voix du vieil homme, c'est par la peau qu'elle les entend. La voix peut faire franchir des espaces. Celle d'Octave Lassalle l'emmène dans cette part d'elle qu'elle a toujours eu peur de regarder. C'est maintenant. Si elle a accepté de venir dans cette maison passer des nuits et des nuits, si elle a répondu à l'étrange annonce, est-ce que c'était juste pour ce moment ?

Il a posé très doucement son regard sur elle, sa silhouette tendue, ses pieds nus sur le tapis. Un tableau qui lui est offert. Il lui parle de sa fille, Claire, et Béatrice sent qu'en même temps il la regarde vraiment, elle. Jamais encore, même dans les étreintes les plus passionnées, elle ne s'est sentie exister aussi pleinement que sous le regard de ce vieil homme, dans la résonance de ses paroles, adressées à elle, rien qu'à elle, dans cette nuit. Et qui lui parlent d'une autre.

Assise au bord de ce lit, la plante des pieds sur la douceur du tapis, elle ferme les yeux. Quelqu'un la regarde. Quelqu'un lui parle. Et quelque chose se délivre.

Du temps passe.

Le vieil homme s'est tu.

La maison garde chaque mot prononcé entre ses murs.

Béatrice écoute les résonances. Chaque mot qui est entré en elle creuse une place libre. L'opacité s'éclaire par ondes. Est-ce qu'avoir vu, pleinement, son fardeau, en a écarté chaque brindille ? Est-ce qu'il suffit alors d'un souffle pour que l'air passe vraiment ?

Lentement elle sent que dans le chemin qui se fraye à travers elle, sa parole à elle peut passer. Elle dit alors l'ange qui a déployé ses ailes au-dessus d'elle depuis qu'elle est toute petite. Sa peur d'être emportée par quelque chose de doux, de pur, qui n'a pas de visage. Elle dit les nuits où elle s'est réveillée en hurlant parce qu'auprès d'elle se tenait l'ange et qu'elle le voyait, oui. La face vide plus terrifiante que n'importe quel monstrueux visage. Un trou. Et que ni sa mère ni son père ne pouvait l'aider. Parce que, tous les deux, dans la chambre juste à côté de la sienne, ils aimaient l'ange et qu'ils auraient tant voulu qu'il soit toujours là. Eux, ils connaissaient son visage. Elle, elle se demandait parfois si ses traits et les siens n'étaient pas les mêmes, exactement les mêmes. Et elle avait horreur de son propre visage.

Elle a passé lentement le bout de ses doigts sur son nez, sa bouche. Le vieil homme ne la quitte pas des yeux. Elle peut avancer. Elle poursuit.

Elle, elle était venue après. Elle, elle ne remplacerait jamais. Et tout cet amour que son père et sa mère ne savaient plus à qui donner flottait dans la maison et elle n'osait pas s'en approcher ; est-ce que l'amour si fort des parents peut faire mourir les enfants ? Il valait mieux se tenir à l'écart. Elle s'était tenue à l'écart.

L'écart. Celui qui a dicté toute sa vie.

Quand elle se tait, Octave Lassalle reste silencieux un long moment. Les paroles de Béatrice le touchent plus qu'il ne pourrait le dire. Il l'a écoutée avec toute son attention. Elle s'est confiée et elle n'est ni une patiente ni sa propre fille. Jamais il n'a eu avec Claire un moment de parole qui ressemble à celui-là. Avec Claire c'était toujours le corps en tourbillon ou alors sa concentration, extrême, sur une plante ou la confection d'un collier de perles quand elle était petite. Après… Après, elle s'était échappée comme le font les jeunes filles, loin de leur père.

Il murmure Petite Béatrice. C'est la première fois qu'il appelle un des quatre par son prénom, en sa présence.

Elle s'est levée, comme pour partir. Elle se tient devant lui. Alors dans la tête du vieil homme arrive le haïku manquant. Les mots lui reviennent, tout seuls. Une évidence. Sa main s'est tendue vers la jeune femme. Ne partez pas tout de suite petite Béatrice, je vais vous donner quelque chose. Ce sont des mots. C'est un drôle de cadeau, juste des mots. Presque rien. Ça ne laisse aucune trace dans l'air, rien. Juste un peu de souffle. Comme la buée sur les vitres. Si vous avez un peu de temps encore, je voudrais vous offrir ces mots.

Elle s'assoit à ses pieds, par terre.

Ils ne se regardent pas.

Il dit Vous savez, j'aime beaucoup les poésies brèves, les haïkus japonais.

Elle murmure J'avais vu les livres de poèmes dans votre cabinet, en bas, le jour du premier entretien.

Il sourit. Ainsi chacun observe l'autre et on ne sait jamais ce qui de nous sera retenu, à notre insu.

Elle ajoute Ça m'avait rassurée.

Le vieil homme poursuit Moi aussi, ça me rassure. Quand je n'ai plus de refuge, je vais dans les mots. J'ai toujours trouvé un abri, là. Un abri creusé par d'autres, que je ne connaîtrai jamais et qui ont œuvré pour d'autres qu'ils ne connaîtront jamais. C'est rassurant, de penser ça. C'est peut-être la seule chose qui me rassure vraiment.

Et Béatrice ose livrer encore. Moi je danse, quand je ne trouve plus de refuge. La nuit, surtout. Depuis toute petite, je danse. Quand je lance tout mon corps dans l'espace, je ferme les yeux, je ne sais plus ce que font mes bras mes jambes, ça n'a plus d'importance. Il y a des chiffres dans ma tête. Rien que des chiffres qui rythment. Et les mouvements qui m'emportent. Plus rien que mon corps et l'espace. Plus rien d'autre.

Octave écoute. Ainsi, à chaque fois qu'il a entendu ses pas marteler le parquet, elle tentait de chasser la peur. Il ferme les yeux. Qu'est-ce qu'on sait des gens, même sous son propre toit ?

De Béatrice s'échappe un soupir, profond, long. Puis le silence à nouveau entre eux deux.

La voix d'Octave Lassalle est basse.

Maintenant je vais vous donner un haïku. C'est un haïku d'Issa. Écoutez, Béatrice.

Dans la chambre d'Octave Lassalle a pénétré cette nuit une douceur inconnue.

Quelque chose de nouveau dans la poitrine d'Octave.

Il pose sa main sur la tête de la jeune femme et il dit lentement

L'enfant qui l'imite
est plus merveilleux
que le vrai cormoran

Et l'émotion qui l'envahit est intense quand il prononce le mot "enfant".

Béatrice écoute. Si elle osait, elle poserait sa tête sur ses genoux. Elle ne voit pas qu'il pleure.

Au même instant peut-être Hélène Avèle s'est réveillée. Elle s'est glissée doucement hors du lit où son amant dort encore. Elle le contemple, embrasse doucement son épaule. Elle aime sa peau. Elle aime qu'il la prenne contre lui. Elle aime leur étreinte, qu'il n'y ait plus rien entre lui et elle. Se donner l'un à l'autre n'est pas qu'une expression. C'est un acte. Elle se donne. Sans retenue. Et lui aussi. Aucune barrière entre eux. La pudeur de chaque geste est telle qu'elle leur permet de tout oser. Hélène pense Il n'y a pas d'autre pudeur que la confiance.

Leur vérité, c'est la justesse. Plus aucune distance. Ce sont les corps qui pensent.

Il s'appelle Jean. C'est un prénom simple. Elle trouve que ça lui va bien.

Elle sait de lui si peu de choses qu'on pourrait dire qu'elle ne le connaît pas, si on pense que connaître quelqu'un, c'est accumuler des informations, des dates, des faits. Depuis la première nuit, elle ne lui pose pas de question. C'est par l'étreinte qu'elle veut le connaître. Juste par la peau.

Lui, il sait qu'elle peint. Il sait qu'aucun autre homme ne vit chez elle puisque c'est chez elle qu'ils vont, nuit après nuit. Et cela suffit.

Elle continue à le contempler, debout, nue. Elle est dans cet état particulier qu'elle connaît bien : encore si proche du sommeil, et tout éveillée pourtant. Prête pour le travail. Cet homme, ce qu'ils vivent miraculeusement ensemble, l'aide. Elle a besoin de sentir la vie en elle, pleine, pour aller vers l'ombre du visage qui l'attend.

En sortant ses affaires de son sac, sans faire de bruit, elle fait alors glisser à terre la photographie. Mon dieu, je ne la lui ai pas rendue !

Prendre sa voiture. Filer, vite, à la grande maison. Rendre la photographie. C'est impardonnable. C'est la pleine nuit mais tant pis, elle en est sûre, il ne dort pas. Oh comment rattraper une faute pareille ? Comment a-t-elle pu faire ça ?

Elle enfile rapidement une robe. Il fait chaud, elle attrape ses sandales et descend doucement.

Pas une seconde elle ne réfléchit.

C'est en bas, devant sa porte, qu'elle s'arrête. Entrer dans la grande maison, le trouver dans son bureau en bas, ou dans sa chambre, au premier ? Quelque chose la retient. Ce n'est pas la culpabilité ni le fait de devoir s'excuser, non, ça elle le ferait sans peine. C'est l'intimité de la nuit qui l'arrête. L'intimité que provoquent le silence, l'obscurité dehors, une lumière allumée et le halo dans lequel il faudrait se tenir pour se voir, se parler. Elle se fige. Elle n'ose plus.

Remonter dans la chambre, impossible. Se recoucher contre Jean, retrouver le sommeil, impossible.

Alors elle va dans l'atelier. Elle a emporté la photographie, s'est fait un thé. L'odeur qui flotte toujours dans le lieu l'accueille. Elle ferme les yeux, respire. Les effluves d'essence de térébenthine la ramènent loin en arrière, dans l'atelier de sa grand-mère, au fond du jardin, elle toute petite, assise sur sa chaise bleue près de la baie vitrée, s'imprégnant des odeurs, des couleurs, de la patience infinie de cette grand-mère qui la gardait tous les mercredis, pour que ses parents, enseignants tous les deux, puissent avoir du temps rien que pour eux. C'était des après-midi sans rien d'extraordinaire mais qui l'ont peu à peu ancrée dans les gestes du peintre. Sa grand-mère ne montrait pas ses toiles. Elle peignait pour elle, pour sa joie, comme elle disait. Ses toiles sont toujours là, celles qu'Hélène a pu récupérer. Elles sont rangées précieusement sous la mezzanine de l'atelier. Parfois elle en ressort une, l'installe, la contemple et elle revoit ses après-midi délicieux, la lumière de l'atelier. L'absence de tous les êtres qu'elle aime en est adoucie.

C'est bien ici que quelque chose peut avoir lieu. Pas là-bas. Pas dans la grande maison cette nuit. Ici, avec cet homme qui dort juste à l'étage au-dessus et qu'elle retrouvera. Après. Savoir qu'elle retrouvera ses bras, la chaleur de son corps, la douceur de sa bouche aimante. Savoir qu'à nouveau il la prendra contre lui et murmurera des choses indicibles contre sa peau. Cet homme est une vraie bénédiction dans sa vie.

Hélène fait le tour de l'atelier, lentement. Il faut maintenant qu'elle s'imprègne de ce monde silencieux qui l'attend. Puis elle s'installe à la longue table en bois toujours encombrée de dessins, de travail en cours. De la main, elle repousse tout, fait une place nette pour la photographie, le vide autour.

Pour la première fois, elle scrute le cliché hors de la grande maison.

Et elle se rend compte que celui qu'elle caresse depuis des nuits a quelque chose en commun avec l'homme assis sur le banc de pierre, sous ses yeux. Elle cherche. Ce n'est pas d'une ressemblance physique qu'il s'agit. C'est dans la façon de regarder, de sourire. Elle voit sur le visage d'Octave Lassalle ce qui l'émeut tellement lorsque Jean la regarde, elle. Un regard amoureux, un sourire amoureux. Elle en est sûre maintenant, ce ne peut être que la femme qu'aimait Octave Lassalle qui a pris ce cliché. La mère de Claire. Il n'a jamais prononcé son prénom.

Cette nuit elle sait qu'elle va avancer. Si elle a emporté sans le vouloir cette photographie, c'est que quelque chose, au secret, la travaille, pour qu'elle se retrouve dans son atelier, ici, seule. Il n'y a décidément pas de hasard, allez.

N'est-ce pas parce que depuis des semaines elle se frotte à la jeunesse de ce visage, à l'élan qu'on sent dans tout le corps de cette jeune fille, qu'elle a ressenti à nouveau le désir de caresser un homme ?

Les liens se sont tissés. À son insu.

Oui, le travail est déjà à l'œuvre et la transformation a commencé.

Elle reste longtemps le regard posé sur la photographie. Plus rien d'autre entre elle et la jeune fille souriant dans le soleil. Peu à peu, elle sent qu'elle entre dans un espace inconnu.

C'est étrange.

Un territoire que rien ne matérialise si ce n'est la conscience du face à face. Silencieux.

Intense.

Alors, elle sur qui le regard de Claire ne s'est jamais posé, ne se posera jamais, se sent scrutée. Pour la première fois, elle sent le regard de Claire.

Entre leurs deux regards, l'immensité qui s'ouvre.

Il n'y a plus de temps.

Il n'y a plus ni début ni fin.

Il faut avancer. Sans repère. C'est comme dans le désert ou dans la neige, quand toute marque est abolie.

Les deux regards se croisent.

C'est tout.

Elle repense aux peintres du Fayoum. Ont-ils connu cet état eux aussi ? Peintre et modèle œuvraient ensemble. Pour la mort. Mais ils étaient vivants alors, dans le même souffle.

Cette nuit, c'est différent : il y a une vivante et une morte.

Pourtant, les deux se rejoignent. Dans un troisième lieu. Et ce n'est ni maintenant ni avant.

Dans la poitrine dans la tête d'Hélène quelque chose s'ouvre. Elle marche dans l'inconnu.

Cette nuit, Claire et elle sont des semblables.

Le temps n'a aucune prise.

Il n'y a plus que deux êtres humains voués de toute façon à la même échéance. Un peu plus tôt, un peu plus tard, peu importe, ce qui compte c'est qu'aucun vivant n'ignore que sa vie aura une fin.

Hélène fait l'expérience, de tout son être, que c'est cela, profondément, être semblable. Elle a la sensation d'être parvenue à un fondement. Dans les portraits du Fayoum, le face à face entre peintre et modèle est toujours saisissant parce que dans ce face à face s'est dit que la mort ne peut être abolie. Ni pour le modèle ni pour le peintre. Ni pour celui qui contemple.

Aucune foi, aucun dogme, ne protégera. Vif nous sommes et mort nous serons. C'est tout. Et c'est assez.

Octave Lassalle l'a mise, elle, vivante, à une tâche immense. Il s'agit d'ouvrir le temps, pas d'abolir la mort, non.

La photographie n'ouvre pas le temps, elle le scande.

Voilà un visage, celui de Claire, pris à un instant précis, dans le soleil. La photographie a ponctué le temps, dans la pleine conscience de l'instant. C'est ce qu'elle a eu, jour après jour, sous les yeux, depuis qu'Octave Lassalle lui a confié cette photo.

Le dessin la peinture, le travail de sa main de peintre, invente une autre dimension. La mort dans cette "éternité" du regard croisé prend sa juste place. Elle ne clôt plus rien. Elle ouvre à une autre conscience. Ce qu'a voulu Octave Lassalle, par son étrange commande, est-ce redonner à Claire la conscience de sa propre mort, à travers elle, Hélène ?

La jeune fille qui sourit sur la photographie ne sait pas. Celle du portrait saura. Et c'est bien à elle, Hélène, qu'a été confiée cette tâche.

Octave Lassalle n'a pas choisi la religion. Il a choisi l'art. Délibérément.

Profane, il s'est adressé à une profane pour ouvrir la porte du temple. Cette nuit, elle franchit le seuil. Est-ce que c'est cela, le sacré ? Est-ce que c'est le lieu où tout se rejoint ? Rejoindre le visage de l'autre, et à travers lui, de tous les autres ?

Si jusqu'à présent Hélène, en bonne vivante, évitait la pensée de sa propre mort, maintenant elle ne le pourra plus. Parce qu'elle est en train de donner au regard de Claire ce qui n'est pas dans la photographie, ce qu'Octave Lassalle recherchait dans chaque portrait du Fayoum : la conscience de la mort. Alors la mort est un point. Seulement un point. Et un point n'est pas une frontière.

La mort pour elle jusqu'à présent, c'était le chagrin de perdre sa grand-mère puis son père et sa mère. Le chagrin s'estompe, on apprend à vivre avec, un peu. Cette nuit, elle fait une autre expérience. Celle du lien sacré du vivant avec le mort. Cette expérience se fait avec quelqu'un qu'elle ne connaîtra jamais. Elle n'a pas pleuré la mort de Claire et Claire ne pleurera jamais la sienne. Pourtant la vérité du lien, c'est bien au plus profond d'elle, la vivante qui peint la morte, qu'elle s'inscrit.

La main d'Hélène ne s'arrête plus. Sa pensée, elle est dans le geste. C'est pour des moments comme celui-ci qu'elle dessine et qu'elle peint depuis qu'elle est toute petite. Pour ces épiphanies qui la mettent au monde à chaque fois. Cette nuit, elle atteint ce qu'elle n'avait encore jamais atteint. Elle ne savait pas que cela avait à voir avec la mort et que c'est sans doute pour cette raison obscure qu'elle avait répondu à l'étrange annonce d'Octave Lassalle.

Le regard de Claire commence à apparaître vraiment.

Hélène n'a jamais suivi aucun dogme. Son père et sa mère étaient athées. Personne ne l'a jamais incitée à quoi que ce soit de religieux.

Cette nuit le sacré, il est là, dans le travail de sa main. D'humain à humain, face à la mort.

Et c'est dans les corps. Nulle part ailleurs.

En elle, tout se cristallise.

Tout en dessinant elle ne cesse de dire “merci”. Elle ignore à quoi à qui elle dit merci mais la nécessité de dire le mot est là. Elle le répète tout bas. Le mot chasse tout ce qui n'est pas lui. Sa peau ne fait plus frontière avec le monde.

Elle vibre d'une joie singulière. Elle est un atome parmi les atomes, elle aussi. Est-ce que c'est cela Tu es poussière et tu redeviendras poussière ? La poussière, une part si ténue, si fragile, éphémère, qu'un rien fait s'envoler.

Hélène murmure Merci aussi pour la poussière.

Aux premières lueurs de l'aube, Béatrice Benoît est retournée dans sa chambre. Octave Lassalle s'était endormi. Elle aussi sans doute, car elle a senti sa jambe engourdie par la position trop longtemps gardée. Elle s'est relevée sans faire aucun bruit, s'est demandé si ce qu'elle avait vécu était bien réel.

Elle a pris sur le lit le plaid en laine fine. La nuit est douce mais elle a couvert quand même le vieil homme endormi. Elle n'a pas osé déposer un baiser sur sa main.

Dans sa chambre, elle a gardé la petite lumière sur la table de nuit allumée. Les yeux grands ouverts, elle est allongée. La main du vieil homme sur ses cheveux, elle la sent encore.

À l'intérieur d'elle, un grand sac de larmes, de questions et de peur mêlées s'est ouvert. Elle revoit la page d'illustration de son livre de contes, quand elle était petite. Elle restait toujours devant l'image de la jeune fille mise à l'épreuve de trier pois et lentilles jetés dans la cendre.

Cette nuit, quelqu'un a soufflé sur la cendre.

Elle commence à distinguer ce qui en elle était confus. C'est parce qu'Octave Lassalle l'a envoyée dans la chambre d'Hélène Avèle, qu'elle a vu le visage qui sort de l'ombre, c'est parce qu'Octave Lassalle lui a parlé de sa fille morte. Les histoires ne sont pas les mêmes et pourtant. La vie de l'un peut éclairer la vie de l'autre.

Elle trie. Dans la cendre.

Elle a toujours eu peur d'avoir pris la place du frère mort, de l'avoir fait mourir pour prendre sa place et vivre. Mais il y avait une autre peur, bien plus grave, embusquée derrière, qui menait sa vie, sans qu'elle le sache. C'était l'effroi de mourir à son tour, comme le petit frère avant elle. Puisqu'elle avait pris sa place, elle devait subir le même sort. Forcément. La mort planait au-dessus d'elle. Une mort qui s'était confondue avec l'amour. Est-ce que l'amour si fort des parents peut faire mourir les enfants ? et quand on n'est plus des enfants, est-ce que l'amour tout court peut faire mourir ?

Elle la voit, cette peur, issue des cendres dans le matin. La peur qui la fait aller de bras en bras sans jamais s'attacher. Sans jamais prendre le risque d'être aimée.

Aimer, elle, elle peut. De toute son âme, de toutes ses forces. Mais être aimée, non.

Elle s'est toujours tenue à l'écart de l'amour.

Le monde est acceptable si on voit les choses une par une. C'est l'emmêlement qui ne l'est pas.

Béatrice soupire.

Elle sent encore la main d'Octave Lassalle, sur sa tête.

Elle se répète tout bas son haïku. Rien que pour elle. Elle n'a pas rêvé.

L'enfant qui l'imite
est plus merveilleux
que le vrai cormoran

Octave Lassalle s'est endormi avec au creux de la main la sensation des cheveux de la jeune femme. Dans son rêve, il avance dans une forêt. Entre les arbres, la présence de l'enfant, palpable entre les taches de lumière, quelque part marchant dans la même forêt, invisible. Et en lui, une paix profonde.

Au matin, Béatrice Benoît est partie tôt. Elle a pris son premier café à une terrasse qui ouvrait juste. Le garçon qui mettait en place chaises et tables lui a souri en lui lançant quelques mots sur les lève-tôt. Elle a souri. Elle aime être la première à s'attabler. Une sensation de jour nouveau. Elle se dit qu'elle danserait bien, là, au milieu des tables du café, et sur la place où les bancs sont encore vides. Elle imagine la danse. Les pas qui poseraient la joie toute simple du matin en équilibre le long du trottoir, comme quand elle était petite et qu'elle courait juste au bord, le plus au bord possible, comme si elle était au bord d'une falaise. Elle regarde le mont, au loin, dans la lumière qui lui fait comme un halo. C'est un jour à aller marcher, là-bas. C'est un jour à laisser le corps faire ses folies. Danser au milieu des arbres, là-bas, loin des yeux curieux. Pour le plaisir de l'ombre et de la lumière sur la peau. Pas pour la peur. Elle laisse la chaleur du soleil lui prendre le front, les joues. Elle ferme les yeux. Quand elle se lève, elle demande au garçon si elle peut lui laisser son sac chargé des livres et des cours jusqu'au soir. Il glisse en riant une plaisanterie sur le fait que ça lui donnera l'occasion de la revoir. Elle sourit. Elle n'ira pas en cours, non. Elle a besoin de sentir tout ce que la nuit lui a apporté. Elle marche vers le mont.

Octave Lassalle a regagné son lit à l'aube. Il ne l'a pas entendue partir. Ce matin-là, il attend les pas de Marc Mazetti dans l'escalier, l'odeur du café qui montera quand il aura ouvert tous les volets, là-haut, comme à son habitude.

Il se rend compte que l'attente est entrée dans sa vie et qu'elle n'est pas la même pour chacun des quatre.

Il se demande s'il n'a pas rêvé les cheveux de Béatrice sous sa main mais la paix du rêve est encore là, autour de lui. Et ce soir, la jeune femme reviendra. Ça, c'est un bonheur. Le bonheur qui dépend du retour de quelqu'un c'est fragile. Il s'accroche à la paix du rêve pour rester sûr de son retour. Il entend Marc Mazetti siffloter dans la cuisine et il se lève.

Marc a veillé tard. Il a suivi, dans la petite salle de cinéma qu'il préfère, sous les arcades, un cycle de films canadiens. Dans *Curling*, le brouillard et la neige font du monde un désert. Deux personnages, à un moment, marchent le long d'une route, dans la tourmente. Marc a eu le cœur serré, le regard fixé sur les deux silhouettes qui s'arcboutaient pour avancer. Malgré tout. Il a senti les rafales de vent qui plaquent la neige contre les visages et il ne savait plus si l'air était brûlant ou glacé. Sable ou neige, chaque pas résonnait dans tout son corps.

L'odeur du café lui fait du bien. Ce matin il est venu à pied. Sur son balcon il a arrosé consciencieusement ses plantes. La journée a commencé dans la chaleur. Tout le long de la route il a continué à être en lien avec les images de la veille. Une jeune fille qui erre dans les décombres d'une vieille casse de voitures, à l'orée d'un bois, et qui découvre dans le silence de la neige, intacts, des corps morts. Depuis quand. Un accident? Le film ne le dit pas. Aucune explication. Le réalisme des corps à demi enfouis, les bagues sur la main d'un des hommes prouvent juste que ce n'est pas un rêve. La fille n'en parle à personne, silencieuse comme la neige. Jour après jour, elle retourne les voir et peu à peu elle s'approche des corps gelés, va jusqu'à les toucher. Et rien dans ce film n'est horrible, non, rien. C'est l'inverse. C'est la vie, le désir au travail. L'émotion de Marc est là, à nouveau, quand il se remémore la main de la jeune fille qui hésite, s'approche, dépasse la peur, entre dans quelque chose de nouveau avec les corps, la vie la mort. Il revoit exactement l'image. Elle le fascine, revient en boucle dans sa mémoire pendant qu'il marche.

À la sortie du film certains sont restés silencieux, comme lui. D'autres ont été dérangés par les images, trop fort, et l'ont fait savoir, trop fort aussi, comme pour s'en débarrasser. Lui, il est parti dans un de ces cafés où il aime poursuivre seul ses soirées cinéma. Devant une bière, puis une autre, il a laissé son regard s'attarder sur le corps des femmes qui entraient, s'asseyaient. Il repensait aux dernières images du film : un homme qui balaie la glace devant lui pour qu'un palet glisse mieux dans ce jeu de curling.

Ce matin, en marchant sur la route, il avait envie de balayer devant lui, lui aussi. Juste rendre ses pas plus faciles.

En entendant Octave Lassalle dans l'escalier il se dit qu'il devrait apporter ici des DVD. Si le vieil homme ne peut plus aller au cinéma, il peut toujours visionner des films chez lui. En installant les bols comme chaque matin, il décide que c'est une bonne alternative à la demande de massage.

Dans son atelier, Hélène Avèle a fini par s'endormir sur le fauteuil de sa grand-mère, pelotonnée sous le grand plaid bleu. Elle ne sait plus quand, dans la nuit, elle a laissé l'épuisement lui amollir les os. C'est exactement ce qu'elle sentait. Tout était fluide. Un corps sans résistance. Jusqu'aux os. Un squelette qui ne servait plus à tenir quoi que ce soit, juste à accompagner le mouvement du sang du souffle. Une sensation étrange, une infinie douceur dans laquelle elle s'est laissée glisser tout entière, bienheureuse, comblée. Elle tenait enfin le portrait, elle avait atteint le point extrême, la justesse. Et plus rien d'autre n'avait d'importance.

Sa vie tout entière était là.

Quand Jean la réveille doucement, elle ne sait plus bien où elle est. Il lui faut un temps pour remonter vers le visage, reprendre appui sur cette voix qui murmure son nom, se hisser vers le matin. Elle ne se rappelle rien de ses rêves. Une blancheur qui l'a avalée, dans laquelle elle a envie de replonger. Vite. Mais Jean insiste. Il lui a apporté sur un plateau un superbe petit-déjeuner. Pourquoi a-t-elle quitté le lit cette nuit ? Il a l'air si désemparé. Il faut le rassurer.

Oh tous ces “il faut” pour rejoindre la réalité. Elle sent encore en elle l’évidence de la nuit, la fluidité, voudrait ne rien perdre de cela, être seule pour s’y replonger tranquille. Ce qu’elle a atteint cette nuit, par le travail du portrait, c’est un enseignement pour toute sa vie. Elle a tant besoin d’y réfléchir encore.

Assise, silencieuse, elle boit le café, laisse la chaleur couler à l’intérieur d’elle. Lui attend. Quoi ? une explication ? parce qu’elle a quitté le lit, qu’il s’est réveillé seul ? Il ne la questionne pas mais elle sent son inquiétude. C’est la première fois. Il effleure son bras doucement. À nouveau le lien, ce qui entre eux deux s’est tissé, de nuit en nuit. Elle regarde la main sur son bras qui s’est posée. Son inquiétude il ne la cache pas et c’est cela qui la touche : qu’il accepte de vivre aussi ce qui est là, dans ce matin malaisé. Une énigme. Alors qu’elle est tout près de lui. Elle soupire. Si seulement les moments d’évidence pouvaient servir à accepter l’énigme, qui vient toujours tôt ou tard. Elle voudrait le voir sourire.

Avec les mots, elle ne peut pas. Alors dans un élan, elle presse sa joue contre son ventre à lui, fort, en lui entourant la taille de ses bras. Ce geste-là lui revient de loin. C’était le temps où petite fille elle enfouissait son visage dans le tablier de peintre de sa grand-mère, pressait sa joue contre son ventre et respirait au cœur du monde, protégée de tout, aimée. Elle sent les mains de Jean dans ses cheveux. Elle sent ses doigts qui épousent la forme de son crâne dans une caresse très douce. Elle lève les yeux, tient son regard dans le sien, puis elle pose ses lèvres contre sa peau. Comment passe-t-on de la caresse d’enfance à la caresse des corps qui se désirent ? Elle a dans les mains la fluidité de la nuit qui guide ses doigts, la fait glisser doucement vers son désir. Le temps aussi est fluide. Ses doigts caressent les reins de Jean, ses fesses. Chaque parcelle de son corps est infiniment précieuse. Un respect immense pour la vie de cet homme face à elle, qui s'abandonne. Il y a dans l'amour des moments bénis. Toute la vie après ils éclairent. Jean a plié les jambes pour que son visage soit à hauteur du sien.

Dans leurs regards la gravité de ceux qui ont appris que l'amour ne protège de rien. Qu'il sert juste à prendre tous les risques. Et qu'on est toujours aussi vulnérable.

C'est ce matin-là qu'Hélène comprend à quel point son corps la devance toujours. La conscience vient après. Les caresses sont dans ses mains dans sa peau dans tout son être et elle laisse venir tout ce qui l'attire contre cet homme.

En fin d'après-midi, quand Yolande Grange arrive pour prendre son service, elle s'étonne que la voiture d'Hélène Avèle soit encore garée devant le perron. Elle, elle est en retard d'une bonne demiheure et d'habitude, elles sont réglées comme une horloge toutes les deux. Quand l'une arrive, l'autre part. Elles se croisent rapidement mais échangent toujours quelques mots, même si ce sont des banalités, juste pour le plaisir de se dire quelque chose. Parfois Hélène donne une indication au passage M. Lassalle est en pleine forme! Ou au contraire On est à marée basse aujourd'hui... Il est très fatigué. Yolande acquiesce, par un hochement de tête ou un sourire. Elle aime ces petits échanges. Elle aime bien Hélène Avèle.

Mais aujourd'hui, Yolande se hâte. Elle n'aime pas être en retard. Elle a dû discuter avec Louise d'un stage que le centre qui la suit en postcure lui a proposé. Un atelier d'écriture. Yolande a peur de laisser Louise filer dans le monde. C'est trop tôt. Elle voudrait la garder bien à l'abri jusqu'au bout, jusqu'à la naissance de l'enfant. Et puis écrire quoi? Mais Louise, entêtée, ne cède pas. Elle veut y aller. Comment savoir ce qui est bon pour elle et ce qui ne l'est pas ? Elle est empêtrée encore dans ces questions quand elle entre dans la maison.

Hélène Avèle est assise avec Octave Lassalle, au salon. Ils discutent, son carton à dessins est posé contre le fauteuil. Le vieil homme parle avec une énergie étonnante. Elle voit bien qu'elle n'a rien à faire dans la conversation, ils ont à peine fait attention à son arrivée. Octave Lassalle a juste baissé la voix et Hélène lui a fait un petit signe de la main. Son retard passe totalement inaperçu. Tant mieux. Inutile de chercher des excuses. Elle n'est pas d'un naturel curieux mais elle s'en rend compte, aux visages animés, aux corps tendus, ils sont en train d'échafauder quelque chose. Et cela ne la regarde pas.

Elle part tout de suite dans les étages. Elle va continuer à trier tout le linge de maison. Le contact et la vue des tissus solides, beaux, ça lui a toujours procuré du plaisir et du calme. Elle sait qu'elle continuera à réfléchir plus tranquillement à ce qui est le mieux pour Louise en ayant les mains occupées. Au bout d'un moment pourtant ses pensées prennent une direction inattendue. En s'interrogeant sur l'utilité d'un atelier d'écriture pour la petite, allez savoir pourquoi, pour la première fois elle se demande pourquoi elle, elle n'a jamais repris le métier de sa mère. Qu'est-ce qui l'a toujours arrêtée devant la couture ?

Les pas dans l'escalier la font sursauter. Rapides, légers, ça ne peut être qu'Hélène. Elle attend le bruit de la porte. C'est bien celle de la peintre qui se ferme. Puis plus rien. Donc elle reste encore plus longtemps ? Elle se remet au travail ?

C'est étrange de se retrouver avec un autre des quatre en même temps dans la grande maison. Cela n'arrive jamais. Ils n'utilisent guère "leur" chambre en dehors de leurs heures habituelles. À moins que la nuit… dans le fond, elle ne sait pas. En dehors de ses heures à elle où il n'y a jamais personne d'autre, elle ne sait rien. Elle réalise avec un certain trouble qu'elle ne connaît qu'une partie bien circonscrite de ce qui se passe dans cette maison. D'une certaine façon elle se l'est appropriée en pensée parce qu'elle en a fait tout le tour, qu'elle la connaît maintenant dans les moindres recoins. Le rangement l'a conduite partout, dans des lieux où même Mme Lemaire ne doit guère aller. D'ailleurs Octave Lassalle l'a avertie que Mme Lemaire allait passer quelques mois dans un village du Massif central où sa fille avait besoin d'elle. Elle s'était cassé la jambe en faisant du parapente. Et il fallait s'occuper des enfants et du gendre. Quelle idée aussi de se jeter du haut des monts pour voler ! Le village s'appelait Job, ça, elle l'avait bien retenu. Un nom qui la ramenait à sa propre couturière de mère qui disait toujours d'elle-même : "pauvre comme Job", une expression qui avait marqué son enfance. Elle va donc assumer une partie des responsabilités de Mme Lemaire ici. Et elle aime ça.

Ici, c'est devenu sa deuxième maison. Une maison pour des pensées différentes. Pour rêver. Elle soupire en poursuivant sa tâche.

Quand elle redescend pour demander à Octave Lassalle ses instructions une fois son tri de linge achevé, elle le trouve dans son bureau, le fauteuil près de la fenêtre, une photographie à la main, pensif. Il lui annonce qu'Hélène Avèle reste pour dîner.

Ça aussi, c'est la première fois.

Ils dînent tous les trois sur une petite table dans le salon. La salle à manger ne sert jamais. Elle a dû être utilisée autrefois peut-être, quand il recevait. Yolande a préparé le repas et Hélène a mis le couvert. Entre elles deux, les gestes tout simples partagés créent une familiarité agréable. Octave Lassalle s'est assis au bout de la table, une de chaque côté. Il y a autour de ce repas inattendu à trois à la fois l'atmosphère un peu guindée des premières fois et l'excitation des dînettes impromptues.

Octave Lassalle prend la parole : Mesdames, je suis ravi de partager ce moment avec vous deux. Madame Grange, je pense qu'il est bon que vous soyez au courant.

Et c'est ainsi que Yolande apprend exactement à quoi Hélène Avèle s'est employée depuis leur arrivée dans la maison. Elle apprend toute l'histoire d'Octave Lassalle, celle dont chaque objet l'a rapprochée peu à peu. Il ne s'est pas étendu, comme à son habitude, confiant juste l'essentiel. Yolande, elle, a tout de suite repensé au linge brodé, à la statuette. Elle a repensé à la mère de l'enfant qui est morte et elle a senti en elle s'ouvrir un gouffre. Celui de perdre son enfant. Elle a du mal avec la suite des paroles. Elle entend bien portrait… photographie… Canada… mais elle ne peut s'empêcher de penser à sa Louise. Rien qu'à Louise. Ce qui la lie à la jeune femme est indicible. Elle n'est pas sa mère. Elle n'est rien. Et pourtant. Le visage de Louise, ce corps fragile, encore plus fragile depuis que le ventre s'arrondit. La mort est impensable. Rien que l'idée la plonge dans une dévastation telle qu'elle s'en recule. Par instinct. Elle ne veut rien savoir de ce qui s'est tramé autour de cette photographie de ce portrait. Ça lui fait peur.

Comme si ça pouvait contaminer jusqu'au ventre de Louise. Le malheur, il y en a eu assez dans sa vie. Maintenant elle vit dans une oasis inespérée et ne veut pas que son paradis soit abîmé. Elle voudrait rentrer bien vite chez elle et retrouver la petite, passer la fin de la soirée auprès d'elle tranquillement, en ne pensant à rien. Juste la regarder. Avec cette envie toujours de poser la main, doucement, sur le ventre mystérieux. Le geste qu'elle n'ose pas.

C'est la voix d'Hélène qui la ramène au dîner, elle dit que c'est une folie d'avoir accepté mais que résister à Octave Lassalle, c'est encore plus difficile que d'accepter la folie de son projet. Va pour le Canada.

Qu'a-t-elle accepté ?

Yolande n'a pas tout suivi. Elle répète juste Le Canada et sa voix se perd dans la couleur du vin qu'elle porte à ses lèvres, machinalement.

Elle les regarde tous les deux. Excités comme des enfants. Comment Octave Lassalle a-t-il fait pour survivre à la dévastation ?

Quand les deux femmes partent, chacune vers sa voiture, le vieil homme les raccompagne sur le perron. Il reste debout, à les regarder s'éloigner et il décide de demeurer là, accoudé à la balustrade, pour attendre Béatrice Benoît. Il a bu un peu trop de vin, pris par la convivialité inhabituelle. Il a besoin d'air. Il fait si doux dehors.

Il est heureux qu'Hélène Avèle ait accepté sa nouvelle proposition. Elle ira au Canada. Elle donnera le portrait à Anna. Pour la tombe qu'il n'a jamais vue. C'est une idée qui s'est forgée lentement en lui, au fil des jours, quand il restait en bas, attendant la fin du travail d'Hélène là-haut, dans sa chambre. Au début, il voulait juste un portrait. C'était pour lui, c'est tout. Bien sûr il y avait les portraits du Fayoum qu'il avait scrutés, des années auparavant, et ceux-là étaient pour la tombe. Mais lui ne pensait qu'à pouvoir contempler Claire, dessinée par une main humaine. C'était confus, ce qu'il voulait vraiment, au moment de son étrange commande. Il s'était fié à cette intuition qui l'avait toujours guidé dans les actes les plus périlleux de son métier. Une autre main. Il fallait une autre main. Pas juste celle d'Anna qui avait pris la photographie. Il fallait une main au travail. Oui il y avait cela dans sa demande et autre chose, plus opaque. Quelqu'un qui prenne le relais de sa main à lui ? cette main qui s'était dérobée à l'épreuve ?

Puis il en a pris conscience : il voulait, il devait participer au tombeau de sa fille. C'était la seule façon de finir.

L'idée de confier le portrait à la tombe s'est confirmée au réveil de la nuit inattendue qu'il a passée sans la photographie. Cette nuit où il a commencé à rencontrer vraiment la petite Béatrice. De leurs deux histoires confrontées, quelque chose en lui s'est affermi. Son désir de contribuer au tombeau de sa fille.

Octave Lassalle écoute les bruits menus du jardin en ce début de soirée. Il descend les marches du perron. Pas de canne ce soir. Le corps libre. Et tant pis pour la douleur.

Il faudra bien qu'Anna accepte.

Il sait tout d'elle par son notaire. Il a suivi chacune des étapes de sa "reconstruction" comme on dit. Comme si les êtres humains étaient des murs qu'on démolit qu'on reconstruit ! Elle a épousé en deuxièmes noces un "médecin sans frontières" qu'elle a accompagné partout où les zones de guerre le permettaient. Elle s'est occupée des enfants que les atrocités arrachent à leurs parents à la vie. Sa foi en bandoulière, comme toujours. Il l'a admirée et détestée pour cela. Pour cette foi insolente qui l'a envoyée vers d'autres enfants aux quatre coins de la terre. Cette foi qui l'a maintenue. Qui lui a donné la force de ne jamais se retourner.

Lui, combien de fois s'est-il retourné ? Il n'a pas cessé. Il fait partie de ceux qui ont besoin de voir et de voir encore ce qui est derrière eux. Pour s'assurer d'une terre qui a bien porté leurs pas ? Pour être sûr que personne, derrière, ne leur fait encore signe ?

Lui revient dans la paix du soir l'histoire de la femme de Loth. Anna lui avait lu, dans la Bible, à une époque où elle pensait encore qu'elle pouvait l'aider à trouver la foi en son dieu. Il a relu l'histoire depuis, tout seul. Il a toujours été ému par cette femme, changée en statue de sel pour avoir juste voulu voir, une dernière fois, Sodome et Gomorrhe, malgré l'interdiction divine, parce que c'était toute sa jeunesse, toute sa vie passée, qu'elle voulait revoir une dernière fois, avant que ce dieu ne détruise tout. Il la comprend si bien, cette femme, qui ne peut s'empêcher de se retourner. Au risque du terrible châtiment.

Anna, elle, n'est pas de celles qui se retournent. Elle emporte tout, bras largement écartés, et elle fait route. Elle ne laisse rien. Elle avance comme une caravelle, comme si au fur et à mesure de ses pas, elle se faisait enceinte de tout. Seule. Monstrueuse. C'est comme cela qu'il la voit.

Celle qui porte la vie ne se retourne pas.

Celle qui est enceinte de la mort non plus.

Si la femme de Loth avait porté un enfant, elle aurait résisté à l'appel du passé, pour sauver la vie à venir. Anna, elle, était enceinte de la mort de leur fille. Elle ne s'est pas retournée.

Un peu de vent, léger, fait frissonner les feuilles du grand peuplier, tout près de lui. Un arbre résiste. Un humain, non. Il s'arrête, ferme les yeux. Il imagine le mouvement que fait le corps quand il se retourne.

Il imagine un corps de femme, jeune encore. Pas de visage mais une chevelure. Sous ses paupières, il voit la tête qui entraîne le buste, les hanches.

On se retourne toujours par la tête d'abord. Les pieds suivent.

Quand on avance ce sont les pieds qui mènent, et la tête qui suit.

Lui, il n'a pas cessé de se retourner comme un qui ne trouve pas le sommeil, pendant toutes ces années.

Depuis que les quatre sont arrivés dans la maison, il s'est mis à avancer.

Aucune main dans le ciel pour caresser la tête de ceux qui souffrent, il en est convaincu. Il faut se débrouiller comme on peut. Avec la vie trébuchante et le terrible besoin de retournement. Ce besoin qui fait qu'Orphée n'emmènera jamais Eurydice hors des Enfers, et qu'une femme sera changée en statue de sel.

Où, le sel de la vie ?

Octave Lassalle sait qu'en ce moment précis il pourrait à nouveau entendre, mêlées aux bruits du jardin, les voix de celles qu'il a aimées. Elles sont là, tout près de sa mémoire. Il frissonne. Il se rappelle la voix de Claire l'appelant d'une fenêtre, là-haut.

Aucun des quatre ne sait que c'était à leur étage qu'elle avait ses quartiers. Nomade là-haut, elle utilisait les pièces selon son humeur et la saison. Les trois autres chambres étaient inhabitées. Elles avaient attendu en vain la venue d'autres enfants. C'était le projet d'Anna, une maison pleine d'enfants. Il avait aimé ce projet. Et puis après la naissance de Claire, quelque chose, dans le ventre d'Anna, s'était arrêté et elle n'avait pas pu donner la vie à nouveau. Ils n'avaient pas compris. Le mystère des corps. Eux deux, ils étaient si sûrs qu'après Claire viendrait une autre vie, puis d'autres encore. Anna avait toujours refusé ce que les progrès de la médecine auraient peut-être permis. Elle s'était accrochée à une idée de nature, de destin. Il avait tempêté et puis il avait fini par renoncer. Il n'aurait jamais dû renoncer. Ils auraient dû faire confiance à la médecine et tenter ce que la science permet. Le vieil homme regrette. La vie aurait-elle pu être si différente ?

Il ne lève pas la tête vers les fenêtres là-haut, comme lorsqu'il se demandait toujours de laquelle jaillirait la chevelure de Claire, son rire.

Béatrice Benoît n'arrive pas et il sent qu'il faut marcher. Cela ne sert à rien de ressasser ce qui aurait pu être. Maintenant c'est fini. Il veut juste qu'on mette le portrait dans le caveau, c'est tout. Il sera enfin en paix.

Hélène Avèle, en le privant par mégarde de la photographie, l'a fait bouger. Elle l'avait appelé dans la matinée, si gênée. Pour le rassurer. C'est lui qui l'avait rassurée ! Il pouvait dire que sa nuit s'était quand même bien passée, oui. Grâce à Béatrice. Mais il n'en avait pas parlé. Il avait juste dit qu'il savait la photographie entre de bonnes mains. Il ne sait pas pourquoi il a tu tout ce qui a eu lieu avec Béatrice. C'est comme si ce qui se passait avec chacun des quatre devait rester au secret des autres. Ce soir il a réuni Yolande Grange et Hélène Avèle pourtant. Décidément, oui, il bouge. Mme Lemaire s'en est bien rendu compte sinon elle n'aurait jamais pris la liberté de son départ. Marc Mazetti a réussi à l'apprivoiser un peu. Elle le regarde moins sévèrement mais c'est lui, Octave Lassalle, qu'elle regarde différemment maintenant. Elle a peu à peu abandonné sa sollicitude maternante à son égard. Elle a pris ses distances. Le vieil homme soupire. C'est dans l'ordre des choses, il a moins besoin de sa présence et elle le sent. Son séjour auprès de sa fille, là-bas, risque d'être long, il l'a bien compris.

Maintenant il marche lentement. Il chasse tout de sa tête. Il voudrait juste être dans la douceur du jardin. Les fleurs se sont emplies de chaleur toute la journée. C'est le moment où elles exhalent leur parfum. Fort. Juste avant la nuit. C'est ce moment qui lui convient.

Ce matin, il a laissé Marc faire seul le tour du jardin et s'occuper de tout. Marc a appris si vite. Le soin des plantes, il aime ça, c'est visible. Il sait désormais donner à chacune ce dont elle a besoin. Il parle toujours aussi peu mais parfois il rit. Et son rire est comme tout ce que son corps dégage : chaleureux. La sensation première qu'Octave Lassalle avait eue auprès de lui, cette sensation de chaleur ne s'est jamais démentie. Même lorsque Marc est particulièrement fermé. En voilà un qui n'imagine sûrement pas qu'on puisse lui accoler l'adjectif "chaleureux". Et pourtant. Chaque jour maintenant, le vieil homme lui prépare l'herbier pour son retour du jardin. Et Marc se penche sur les plantes répertoriées avec tant de soin par la main de Claire.

Le vieil homme s'arrête près d'un bosquet odorant : un parfum musqué, capiteux. Un parfum dans lequel on a envie de passer toute la nuit. Il aimerait s'arrêter là, s'allonger sur la terre et fermer les yeux, pénétré de ce parfum, s'endormir. Il tend la main pour toucher la délicatesse d'un pétale. Claire s'est-elle aussi arrêtée ici, un jour, a-t-elle senti ce parfum ? Elle passait tant d'heures au jardin quand elle faisait son herbier. Elle avait douze ans. Elle voulait voyager, découvrir des plantes dans des pays lointains. Il aimait quand elle se passionnait et qu'elle se lançait dans les descriptions minutieuses des nouvelles espèces qu'elle avait trouvées dans les livres. Sa mère souriait. C'étaient des moments heureux. Voilà.

Ces moments ont existé. Ce bonheur qui a été vécu, rien ne peut faire qu'il ne l'ait pas été. Même la mort. La mort ne balaie rien. Le chagrin peut tout brouiller. Un temps. Comme à chaque fois qu'on est séparé de ceux qu'on aime. On se dit que plus jamais.

Eh bien plus jamais, d'accord. N'empêche que ce qui a été est. À l'intérieur. Pour toujours. Pourquoi s'en priver.

Octave Lassalle laisse venir en lui ce que la mémoire a gardé vif. C'est sa seule façon de rester vivant aujourd'hui. Les bandelettes du chagrin l'avaient donc tenu si longtemps momifié ? Il secoue les épaules comme lorsqu'il était enfant. Un geste qui signifiait Pas question ! que sa mère détestait. Les bandelettes, elles sont tombées, toutes seules. Parce qu'il a appelé les vivants et qu'ils sont venus jusqu'à lui. Peu importe que ce soit par le biais d'une annonce d'emploi. Il a enfin souhaité à nouveau que la vie fasse son œuvre et elle le fait bien.

Les quatre l'ont secoué, lui ont donné la force qu'aucune foi en un dieu, fût-il d'amour, ne lui a jamais donnée. Lui, sa foi, elle est dans les êtres humains, c'est tout.

Il sait que Béatrice viendra, que sa présence accompagnera la nuit. Et que demain matin l'odeur du café, ce sera Marc. Elle est là sa force désormais. C'est avec ça qu'il peut avancer.

Mais il lui reste encore un retournement à accomplir avant de pouvoir se sentir libre d'aller. Un seul. Ses pas l'y conduisent plus sûrement que sa tête.

Hélène Avèle, dans la douceur de cette même soirée, marche aussi. Dans les rues. Seule. Elle ne l'a plus fait depuis Jean. Cette nuit, elle en a besoin à nouveau. Elle n'est pas rentrée se coucher tout de suite après le repas inattendu.

Elle a aimé le temps partagé dans la grande maison. Elle avait eu si peur qu'Octave Lassalle lui en veuille d'avoir emporté la photographie. Il est étonnant. Il lui a confié que l'absence de la photographie l'avait fait considérablement progresser mais il n'en a pas dit plus et elle s'est contentée du soulagement de ne pas l'avoir plongé dans le désarroi.

La journée a été un véritable tourbillon. Trop d'émotions concentrées en si peu de temps. Elle a besoin de sentir l'air frais, de regarder le ciel. Besoin aussi de la solitude. À nouveau. Pour repenser à la décision qu'elle vient de prendre, à sa propre surprise. Elle va partir au Canada, rencontrer la mère de celle dont elle a fait le portrait, lui faire cette demande singulière de mettre le portrait sur la tombe de sa fille. De leur fille, à elle et à Octave Lassalle. Cet homme qui a pris une telle place dans sa vie. Elle revoit son visage quand il lui a fait sa demande. C'était une évidence. Elle ne pouvait pas dire non. Et pourtant. Raisonnablement, elle aurait dû.

On ne part pas au début de ce qui est peut-être une vraie histoire d'amour.

Ou peut-être justement.

Elle a appelé Jean avant de rester pour dîner dans la grande maison. C'était la première fois qu'elle utilisait le téléphone. Elle avait tellement voulu qu'avec lui tout se passe toujours dans la présence, sans toutes les inventions pour se parler à distance. Un petit défi pour l'époque. Il avait aimé l'idée avait dit C'est une forme de romantisme…

Et c'est elle qui déroge la première.

D'habitude, ils se disent simplement À ce soir après chaque nuit passée ensemble et c'est tout. Juste la parole.

Le rendez-vous c'est pour la fin de journée, au bord du fleuve, à l'endroit où le pont fait un encorbellement où l'on peut s'asseoir et contempler l'eau. Pas d'heure précise non plus. Le premier arrivé attend l'autre, tout simplement. Une petite épreuve de confiance journalière. Elle aime quand c'est elle qui l'attend. Un soir il lui est arrivé d'attendre particulièrement tard, suffisamment pour qu'elle ait demandé deux fois l'heure à des passants. Elle ne porte plus de montre depuis des années, son luxe dans ce monde mené par les horloges. Ce soir-là, elle a su à quel point elle lui faisait confiance. Pas une seule fois elle n'avait pensé qu'il ne viendrait pas. Une folie ? Elle sait si peu de choses de lui. Il était arrivé en courant et son sourire quand il l'avait vue, assise, à l'attendre, c'était beau. Ça valait la peine.

Il l'avait serrée fort dans ses bras. Elle était heureuse.

Chaque jour ils décident de leur soirée et c'est un bonheur de sentir à quel point c'est facile : restaurant, librairie, cinéma ou théâtre. Ou rien. Juste flâner dans la ville puis se retrouver chez elle et faire un repas avec ce qu'elle déniche au frigo ou ce qu'ils ont acheté en route. Elle n'est jamais allée chez lui. Elle a besoin de se sentir chez elle. Il l'a invitée plusieurs fois à dormir dans son appartement, elle a toujours refusé. L'habitude s'est prise d'aller chez elle. Elle ne sait pas pourquoi elle a le sentiment qu'il lui faut garder autour de cet homme le maximum d'inconnu. Est-ce que son désir est si fort lié à cette part d'inconnu ? Ou est-ce que déjà, chaque jour, passer du temps dans la grande maison lui suffit comme dépaysement ?

Si elle l'a appelé tout à l'heure, c'était pour décommander leur rendez-vous, le remettre au jour suivant. Elle n'a pas aimé le faire. Elle est tombée sur son répondeur. Il devait travailler. Elle l'a imaginé en architecte passionné, plongé dans ses plans au millimètre près. Elle avait raccroché sans laisser de message. C'était de voix à voix qu'elle pouvait dire ces choses. Rien à faire avec des voix enregistrées. Les souffles, les silences, c'est encore du vivant. Confier son émotion à un enregistreur, non. Elle a réessayé un peu plus tard et a préféré finalement au répondeur l'usage des mots écrits, un bref message, envoyé de son portable. Elle vérifie une fois encore : il n'a pas laissé de réponse.

C'est la première fois que l'un des deux change le rituel. Elle a conscience qu'elle prend des risques. Après celui du réveil où il s'est retrouvé seul dans le lit, c'est la soirée sans elle.

Pourtant ce matin elle est allée plus loin dans l'intimité. Après les caresses renouvelées, quand ils s'étaient retrouvés à nouveau dans sa petite cuisine, devant un énième café, elle lui a expliqué en détail son travail avec le portrait. Elle lui a parlé du regard qui avait croisé le sien pendant la nuit, de ce bonheur infini de se sentir semblable, ce sentiment qui dépasse l'appartenance au temps à l'espace. Elle avait dit Quelque chose de fort qui est au fond de chacun. Le sacré peut-être. Il avait dit Tu t'aventures…

Oui, elle s'aventure. Dans quelque chose qui dépasse son corps et l'englobe à la fois, qui lui fait rejoindre tous les autres. Et elle aime ça. C'est ce qu'elle a toujours voulu. Elle marche sans s'arrêter. C'est une nuit pour ça. Ses pas qui vont s'inscrire sur les pas invisibles des autres, tous les autres, dans la ville, qui marchent, pensent, pleurent ou s'embrasent de joie. Elle a besoin d'éprouver à nouveau la force qui l'a pénétrée la nuit précédente, face à la photographie : la force d'être semblable. Dans la ville, elle se sent reliée aux autres par les trottoirs, la lumière des réverbères, la découpe du ciel entre les immeubles d'une rue. Quelqu'un d'autre peut-être, invisible, derrière le rideau d'une fenêtre ou sur un balcon, une terrasse, regarde la même chose qu'elle, au même moment, ou bien a regardé, un jour, et elle aime partager ces choses impalpables. Elle se dit que la ville est faite de croisements invisibles. La peinture est là pour les révéler, c'est tout. Hélène s'accoude au parapet d'un pont, regarde une péniche suivre le fil de l'eau lentement, attend qu'elle ait disparu sous le pont pour reprendre sa route.

Elle pense ces drôles de choses qu'on pense parfois quand on prend le temps de s'arrêter dans une histoire, de la regarder d'en haut, comme un oiseau.

J'aurais pu ne jamais le rencontrer. Ne plus jamais connaître ce que j'avais connu, toute une année, mon année magnifique, en Afrique, tout ce que je croyais définitivement clos et gardé, là-bas. La confiance absolue. Un autre amour. Une autre façon d'être entière, au monde, une autre étreinte mais la confiance. Intacte.

Elle repense à un texte de Rabelais lu il y a longtemps quand elle croyait devoir suivre la route de ses parents, devenir elle aussi enseignante, le temps de son bref passage en fac de lettres. Elle avait été émue par ce texte. Profondément. D'autant plus que l'émotion était inattendue. Rabelais, c'était à l'époque juste un auteur au programme, bon pour passer l'examen. Ses lectures personnelles de l'époque allaient plutôt vers Carson McCullers, Virginia Woolf ou les surréalistes qu'elle découvrait avec bonheur. Elle avait donc lu Rabelais sans y prendre garde et elle s'était retrouvée au milieu des glaces avec un équipage. Sur le pont, des "paroles gelées" hissées à bord elle ne sait plus trop comment. Et les paroles, réchauffées par les mains des matelots, se mettaient à reprendre vie. Elle a oublié tout le reste de l'histoire. C'est cela qu'elle garde en mémoire de ce texte. Les mots qui reprennent vie. Dans les mains qui les tiennent. C'est d'une telle beauté qu'aujourd'hui encore elle en est émue. Comme à vingt ans. Elle a toujours pensé que les mots détenaient une puissance qu'on ne voulait pas connaître vraiment. Les mots peuvent tout changer. Elle, elle s'est mise du côté muet de la parole, avec la peinture. Elle sait que c'est sa place. Mais elle n'ignore rien de la puissance des mots. Tout au fond d'elle.

Elle pense À l'époque je disais encore "aimer". Je t'aime je t'aime je t'aime…

Elle murmure les mots. Elle entend sa propre voix au bord du fleuve ; peu à peu elle lance les mots plus fort, sa voix prend du volume, lui gonfle la poitrine. C'est comme si elle avait réchauffé les paroles gelées au fond d'elle depuis toutes ces années. Elle entend le son de sa propre voix, elle continue. Une femme la dépasse, se retourne et, le regard amusé, lui sourit, continue sa route. Hélène regarde le dos de la femme qui se hâte. Vers qui ? Ce n'est pas un hasard si c'est une femme, légère, qui vient de se retourner. Une femme. Comme elle. Plus jamais sans doute elle ne verra ce visage juste aperçu. Elle pense que c'est bien, cette rencontre fugace au bord du fleuve, le jour où elle s'essayait à nouveau à dire Je t'aime. Elle pense qu'elle vient de partager avec cette femme inconnue un trésor enfoui.

Il lui fallait l'eau du fleuve et l'absence de son amant pour s'essayer à nouveau au mot d'amour. Elle ne cherche pas à comprendre pourquoi.

La nuit arrive. Elle marche sans se demander jusqu'où ses pas la conduiront.

Octave Lassalle s'est aventuré loin de la grande maison. La lumière est encore très douce. La nuit, c'est pour plus tard. Il a besoin de sentir que son corps lui répond encore. Tant pis pour les vieilles douleurs qui se réveilleront.

Il arrive devant ce que Claire appelait sa "maison de poupées", une vieille cabane de jardin en bois, au toit longé d'une frise autrefois joliment travaillée à laquelle il manque maintenant des pièces. Il pense, édentée. Les sons disent bien ce qui trébuche, s'abîme. C'est là. Il fallait bien qu'il y arrive. C'est le dernier retournement.

Le vieil homme regarde le cadenas. Le temps rend toute fermeture dérisoire. Le bois autour du métal s'est effrité. Il pose la main sur le cadenas.

Oh Claire si longtemps j'ai pensé que je n'avais même pas droit au chagrin. Toi, dis-moi que tu me pardonnes. Si seulement j'étais sûr que toi au moins tu ne m'aurais rien reproché.

Il soupire. Comment peut-on reprocher à quelqu'un son manque de foi ? Il tire sur le cadenas qui cède facilement, s'arrache. Il pousse la porte. Ça résiste un peu. Le bois a joué.

Et il reste planté devant ce qu'il découvre.

Interdit.

Là où il s'attendait à trouver un lieu où s'entasseraient le fouillis de l'enfance et celui de l'adolescence mêlés : vieux jeux de jardin, pelles et pots du temps où Claire faisait ses expériences, magazines et coussins qui avaient succédé au petit mobilier d'enfant repoussé dans un coin, il se retrouve devant un espace méticuleusement rangé. Rien ne traîne. Tout est impeccable. Ordonné par une main invisible.

Au centre, le mobilier d'enfant a retrouvé sa place première. Les trois fauteuils d'enfant en osier à égale distance autour de la petite table. Il se rappelle que la dernière fois où il était entré pour chercher Claire, elle avait relégué tout cela dans le fond de la cabane, s'était installé un matelas par terre avec des coussins. Restaient les pots et les outils de jardin en tas sur le côté. Tout lui revient. Il la revoit allongée sur le ventre, lisant ou écrivant il ne sait plus, la porte ouverte pour pouvoir regarder le jardin.

Le matelas a disparu. Plus de livres ni de magazines en pile non plus.

Tout est redevenu comme lorsqu'elle avait cinq ans. Le temps a été remonté. Par qui ?

Octave Lassalle n'ose plus pénétrer dans la "maison de poupées".

Devant les trois petits fauteuils en osier, la petite table, il repense à l'histoire de Boucle d'or et des trois ours qu'Anna racontait à Claire de soir en soir à l'époque où leur fille réclamait cette histoire et pas une autre, inlassablement. Ici, tout est toujours à sa taille de petite fille.

Une petite fille qui n'a plus à chercher sa place dans le monde.

Anna. Ça ne peut être qu'elle qui est entrée ici, a tout remis dans l'ordre d'avant, tout rangé une dernière fois avant de partir, a refermé le cadenas. A jeté la clef ?

Pendant toutes ces années il ne s'est pas approché. Plus le temps passait, plus l'idée de retrouver la "maison de poupées" de Claire était insupportable. C'était l'imaginer dans le lieu qui était insupportable, se dire que chaque objet qu'il toucherait aurait été touché par elle en dernier. Retrouver son fouillis, ses empreintes, il ne pouvait pas.

C'est justement cela qu'il est venu chercher aujourd'hui. Ses empreintes. Parce que maintenant il peut. Et tout a changé.

Ce qui lui serre la poitrine soudain, c'est la rage. Jusqu'ici il a fallu qu'elle lui enlève tout ! Ça ne lui a pas suffi d'emporter Claire et tous les souvenirs qu'elle a pu trouver dans la maison. Il avait été péremptoire. Qu'elle emporte tout mais qu'elle ne touche pas à la "maison de poupées". C'est lui qui l'avait repeinte pour Claire, lui qui avait trouvé le temps dans cette vie si occupée de poser les petits meubles pour elle, de lui installer "sa" maison. Il se rappelle encore son émerveillement de petite fille et comme il était fier d'être celui qui lui faisait éprouver la merveille. Il a assez regretté de ne pas avoir pris plus de temps pour toutes ces choses minuscules qui font la joie d'un enfant. Anna n'avait rien à faire là ! Elle avait accepté mais n'avait pas respecté sa parole. Il avait fallu qu'elle vienne, qu'elle entre et qu'elle touche. Tout.

Elle a profané.

C'est une rage d'enfant qui racle la poitrine du vieil homme. Devant l'injustice. La même qui lui a fait un jour déchirer et jeter un poème de la petite Édith parce qu'il s'était rendu compte qu'elle avait donné le même à un autre garçon, moins discret, qui en avait fait étalage à la récréation. Toute sa joie effondrée. La première trahison.

La trahison c'est ici aussi. C'est maintenant.

L'envie de tout casser. De détruire. Détruire.

Il entre, fait quelques pas, suffoque. La tête lui tourne.

Le petit monde n'est plus rien. Quelqu'un d'autre est entré.

Il s'effondre. À genoux mais ce n'est pas pour prier.

Des pleurs de rage.

Devant le petit royaume inutile.

C'est trop.

Il sanglote. Le temps n'efface rien de ce qui vit. Et le chagrin est vivant. Toujours. Bien plus fort que la rage.

Sans qu'il le décide, sa main se tend. Il caresse et caresse encore. Doucement.

Ses doigts ont soudain la délicatesse infinie de qui touche un trésor. Et il n'y a plus rien d'autre que ce geste, lent, d'une tendresse sans limite.

Dans un panier, des cailloux de toutes les formes que Claire ramassait en se promenant. Les pierres ne changent pas. Il en prend une et la porte à sa bouche, la lèche, comme il avait vu Claire le faire une fois au bord de la mer.

Il a le cœur qui bat trop fort. Il ferme les yeux. Est-ce que la petite maison vacille ? Il respire lentement, calme le vieux corps qui s'emballe, s'oblige à ouvrir les paupières, lentement, et à poser son regard, lentement, sur chaque chose.

Il y a une boîte en fer sur la table, bien en évidence. Une vieille boîte à biscuits décorée d'un dessin terni. Il s'oblige à examiner le dessin, ses contours. Pour retrouver son souffle. Pour ne pas sombrer. À force, il y distingue des enfants qui jouent sur une plage. Il s'accroche à l'image de ces enfants sur la boîte. Il avance avec eux, pas à pas, dans le dessin, retrouve son équilibre dans le calme de la mer qui ouvre l'horizon, porte une voile au loin. Peu à peu il respire à nouveau un peu mieux. Avec son mouchoir, il efface la poussière de la boîte.

Les boîtes sont faites pour les trésors.

C'était l'enfance de Claire.

Plus rien ne compte.

Alors il revoit Anna, souriante, penchée sur Claire, endormie dans son berceau. Les images repoussées loin par l'oubli reviennent. La mémoire remonte. Il revoit le ventre d'Anna et sa main à lui, posée. Il ne savait même pas qu'il était encore dépositaire de toutes ces images.

Il soupire.

Le corps d'Anna qui attendait son enfant. Une merveille.

Il ne s'attendait pas à la retrouver, elle, avec cette force qui lui martèle la poitrine. Il a aimé ce corps enceint. Ô combien.

Lui, il n'a pas le corps d'une mère. Il ne saura jamais, jamais, ce qu'elle a éprouvé. Comment elle qui avait porté avait pu être ravagée par le désir fou de retrouver le petit corps perdu. À nouveau le protéger de tout. À nouveau l'englober dans son propre corps. Lové au chaud nourri de son sang, appuyé à sa propre colonne vertébrale. Il imagine Anna dans la maison de poupées, refaisant le minuscule royaume. Et il pleure aussi pour elle.

Parce que le fruit de ses entrailles n'a pas été béni.

En cet instant il sait qu'il n'a jamais cessé d'aimer en elle quelque chose. Malgré la rage. Malgré la haine. Il a toujours aimé en elle le mystère de sa foi.

C'est cet amour-là qu'il retrouve aussi ici.

Du temps passe.

Le vieil homme à genoux regarde autour de lui. Il voit le monde à la hauteur de sa petite de cinq ans. Est-ce que c'est ce qu'Anna a voulu ?

Par la porte ouverte, un souffle plus frais passe. La nuit est proche.

Il lui semble entendre la mobylette de Béatrice Benoît. Il se dit qu'il faudrait rentrer.

Sur la table, près de la boîte, des perles vertes. Il se rappelle. Sa mémoire avivée lui redonne tout. Il revoit Claire, petite fille. Il tend le bras. La douleur dans l'épaule appartient bien aux mouvements d'aujourd'hui. Pourtant il la sent à peine. Le temps s'est retourné. Il prend entre ses doigts le collier, égrène chaque perle, souffle sur chacune pour faire s'envoler la poussière. Le collier est maladroitement attaché par un nœud. Ça, c'est la main de Claire. Ça, c'est sa petite et personne d'autre. Il revoit les petits doigts, sa mine si sérieuse quand elle était occupée à une tâche, la minuscule ride qui se formait entre ses deux yeux. Tout entière à ce qu'elle faisait.

Elle est là.

Le temps des horloges n'existe plus. C'est cela, le miracle. Elle est là. Près de lui. Sa voix parle à l'intérieur de lui. La mort n'y peut rien. La mort n'est rien. En cet instant, rien.

Tout est présent.

Vif.

Les mains du vieil homme ont touché tant de corps, senti tant de peaux, cherché tant de fois, jour après jour, à pénétrer les mystères de ce qui fait la vie. Et en ce moment précis, ces mains sont vierges. C'est comme s'il n'avait jamais senti que la peau de sa petite, n'avait jamais soigné que son genou blessé par une chute de vélo ou son coude râpé par une glissade sur les feuilles mortes. Tout le corps de sa petite lui est redonné d'un coup. Dans ses mains qui tiennent un petit collier de perles. Et c'est un vertige. Quelque chose d'infini.

Octave Lassalle s'est relevé. Il a besoin d'emporter avec lui quelque chose de ce monde-là. Pour la nuit à venir. Il fourre le collier dans sa poche, tend la main vers la boîte en fer. Elle pèse. Une boîte pleine de quoi ? Il ne l'ouvre pas. Il l'emporte comme un trésor, comme si elle contenait l'enfance.

Il sent le poids de sa petite accroché à son cou.

Béatrice Benoît a poussé la porte de la grande maison. D'ordinaire, il est là. Il l'attend pour la saluer, en bas. Après l'intimité de cette nuit, elle s'est demandé toute la journée comment ils se diraient bonjour, ce qui allait changer, forcément, entre eux. Elle se sent gauche. Ce qu'elle ressent pour le vieil homme n'a pas de nom. Elle a attendu le moment de le retrouver avec l'impatience qu'on a pour un amoureux. Pourtant ce n'est pas un amoureux. Elle ne connaît pas ce qui l'attire vers lui, ne sait pas nommer cet élan.

Elle a envie qu'il la regarde. Elle a envie qu'il pose à nouveau sa main sur ses cheveux.

Elle a envie qu'il sourie.

Dans la grande maison il n'y a aucun bruit. Elle appelle. Personne.

Elle attend un pas, une voix. Rien.

Et s'il avait eu un malaise, quelque part, elle ne sait où. Le cœur de Béatrice s'affole. La grande peur l'envahit. Elle appelle plus fort, crie.

Puis elle se met à courir dans la maison, à ouvrir chaque porte. Le bureau, la cuisine, elle grimpe à l'étage, s'arrête une seconde devant la porte close de la chambre, appelle à nouveau, entre d'un coup. S'attendant à tout. Personne. Elle visite chaque pièce, des pièces dans lesquelles elle n'est jamais entrée. Son regard fait le tour rapide des lieux, saisit parfois un objet, tableau, statuette, tissu sur un fauteuil, à la volée, mais ne fixe rien. Elle continue à appeler.

C'est seulement au bout d'un long moment qu'elle pense au jardin.

"Monsieur Lassalle ? Monsieur Lassalle ?"
Il l'entend, de très loin. Comme si elle courait dans un autre jardin, un autre temps.

Elle le trouve, assis sur le banc de pierre, une boîte en fer sur les genoux. Il est venu jusque-là. Il fallait. Mais ses forces se sont perdues entre la cabane et le banc. Il a la même pose que sur la photographie, exactement, mais plus personne derrière lui pour sourire. Et sa main est posée sur la boîte.

Elle s'approche. Elle dit doucement Monsieur Lassalle. Il la regarde comme s'il la voyait de très loin. Elle dit C'est Béatrice et puis elle ne sait pas pourquoi, peut-être parce qu'elle voit qu'il a pleuré elle s'assoit près de lui et ne dit plus rien. Une idée saugrenue la traverse : est-ce que dans la boîte il y aurait des semences pour le jardin ? Elle s'accroche à cette question qu'elle ne pose pas, pour calmer le trouble qui l'a envahie. Puis elle se laisse aller au soulagement d'avoir retrouvé la présence d'Octave Lassalle. Au bout de combien de temps a-t-elle osé poser sa main sur son bras ? C'est le contact, léger, qui fait se tourner le regard du vieil homme vers elle.

Une maison peut vibrer.

Quand Octave et Béatrice sont rentrés, la nuit s'est installée.

Les appels de Béatrice Benoît ont fait une trouée dans l'opacité cotonneuse où le vieil homme était enfermé. Incapable de répondre à la voix de la jeune fille. Plus aucun son qui sortait de ses lèvres. Cousues.

Retrouver la jeune fille. Retrouver sa douceur.

Le miracle a eu lieu. Elle était là. En face de lui. Bouleversée.

Elle a su attendre auprès de lui que son vieux cœur se calme. Au bout d'un long moment elle a osé lui toucher le bras. Il a regardé la main de la jeune femme posée sur sa veste puis lentement il a tendu la sienne.

Est-ce juste ce geste qui l'a autorisée ? Elle a décidé pour lui. Il faut rentrer maintenant. Craignait-elle que la nuit tombe totalement et qu'ils soient toujours assis, tous les deux, sur le banc ?

Il a eu du mal à se mettre debout. Elle a pris la boîte. Vite. Comme si elle avait peur de lâcher sa main. C'est la première fois qu'elle se sent responsable de lui.

Elle a eu le temps de voir la porte ouverte de la petite maison en bois.

Lentement ils se sont acheminés vers la maison.

Parvenir à monter les marches du perron. Elle a mesuré la ténacité du vieil homme. Il avance. Comme si son corps devait répondre à l'injonction. Mais lui, il est ailleurs. Il ne parle pas. Arrivé en haut, il se retourne, regarde la nuit envahir le jardin.

Béatrice a refermé la porte derrière eux. Maintenant, elle se sent en sécurité. Ils sont à nouveau dans la grande maison. Les murs, la vie ici, calme, paisible, les protège.

Elle puise dans une autorité qu'elle ne se connaissait pas. Elle s'entend dire Il faut vous allonger. Et elle le conduit à son bureau. Elle sait que c'est sur le petit divan rouge qu'il acceptera de s'allonger. Pas dans la chambre. Elle a des gestes sûrs. Elle cale un coussin sous sa tête, un autre sous ses pieds. Le vieil homme la laisse faire. Elle pose la boîte au pied du divan. Il peut l'avoir sous les yeux s'il le veut. Elle prend le plaid et le couvre, même s'il fait doux. Si elle pouvait le protéger de tout. De ce qu'elle ne connaît pas.

Il est heureux qu'elle soit là. Même s'il a du mal, lui, à être présent. Il lui dit Mon petit… Et puis il s'arrête. Il a fermé les paupières.

Elle s'assoit au pied du divan. Comme la nuit précédente. Elle ne veut plus rien d'autre que la paix si douce qu'elle trouve auprès de lui. Elle guette sa respiration, espère qu'il reprenne un souffle plus tranquille. Comme un talisman très bas elle répète le haïku qu'il lui a choisi, rien que pour elle.

L'enfant qui l'imite
est plus merveilleux
que le vrai cormoran

Est-ce qu'il dort ?

Du temps passe.

Elle effleure du bout des doigts la vieille boîte en fer, suit les contours des dessins presque effacés par le temps. Elle a envie de l'ouvrir mais n'ose pas. Bien sûr il l'a trouvée dans la petite maison de bois. Bien sûr il s'agit de sa fille.

Elle lutte contre l'idée qu'à nouveau, elle est là pour remplacer un mort. Comme toujours. Elle en veut à la fille morte d'Octave de le mettre dans cet état. Et elle se sent mal de ce sentiment. Est-ce qu'elle est vraiment jalouse ?

Le vieil homme tient à la main un collier de perles vertes. Elle regarde ses mains.

Puis elle ferme aussi les yeux. La maison est douce. Elle se sent si fatiguée. Elle a marché toute la journée. Elle n'est pas allée en cours. Elle est partie après son café en terrasse, a laissé la ville. Elle a pris le sentier de randonnée qui grimpe sur le mont. Et elle a grimpé. Sans hâte. Elle a toujours eu un bon pas de marcheuse, elle ne s'essouffle pas. Elle avait emporté de l'eau du pain et des fruits achetés au passage. C'est la faim qui l'a fait redescendre en fin d'après-midi vers la ville. Là-haut elle s'était sentie si libre. C'était magnifique de voir la ville dans le soleil en bas. Elle a cherché la grande maison plus loin mais ne l'a pas trouvée. Pourtant elle était forcément là, cachée sous les feuillages, quelque part. Et lui pendant ce temps,

Octave Lassalle, que faisait-il ? et les autres ? les trois autres qu'elle ne voit jamais. À part Marc Mazetti qu'elle croise si vite le matin, qui lui sourit. De quoi parlent-ils, chacun, quand ils sont avec lui ?

Là-haut elle s'était allongée sur l'herbe.

Elle s'était demandée pourquoi la main du vieil homme sur ses cheveux l'avait émue à ce point. C'est un geste que son père n'a jamais fait. Son père l'embrasse rarement et toujours sans la regarder vraiment. Son seul geste de tendresse. Toujours l'air ailleurs. Sa tendresse, c'est quelque chose de diffus. Ce qu'elle aime avec Octave Lassalle c'est son attention, aiguë.

Elle voudrait qu'il ouvre les yeux. Qu'il la regarde à nouveau comme hier soir. Qu'il lui demande encore de parler d'elle. Elle lui raconterait comme la ville était belle vue de là-haut, elle lui dirait les choses qu'elle a pensées, peut-être.

Elle contemple le visage clos du vieil homme.

Puis, lentement sans bruit, elle se redresse et elle se met à danser. Son corps fatigué de la journée se déploie. Dans l'arrondi de ses propres bras elle trouve un apaisement. Presque immobile. Juste les bras qui montent, la taille qui plie et la tête qui retombe lentement vers le sol puis se relève, aussi lentement. Et recommencer. Puis tourner le buste vers la droite. Vers la gauche. Une danse qui ne s'appuie que sur son souffle, comme si une colonne d'air centrale la tenait. Le haïku se scande dans sa tête. Elle danse. Elle ne pense plus à rien.

Le vieil homme a ouvert les yeux, le corps de Béatrice dans l'obscurité fait une cadence lente, comme une berceuse. Il la contemple. Elle ne sait pas quelle paix elle lui apporte. Il referme les paupières.

C'est quand elle s'arrête qu'il se redresse. Il allume la petite lampe près du divan.

— Ça va mieux ?

— Oui mon petit…

À nouveau il la regarde. Vraiment. Elle lui sourit.

— Vous voulez une tisane ? Quelque chose de chaud ?

— Non merci ça va maintenant. Vous pouvez aller vous reposer.

— Vous êtes sûr ?

— Oui. Ne vous inquiétez pas.

— Je reste à côté, sur le canapé du salon… si vous avez besoin…

— Merci petite Béatrice. Votre présence, c'est déjà tellement.

Elle s'approche. Un élan. Mais quelque chose la retient. Elle fait un petit signe de la main et le laisse. Les mots qu'il a prononcés, c'est son trésor.

Octave Lassalle s'est assis. Il regarde à nouveau la boîte en fer. Il faudra bien l'ouvrir. Si Anna l'a laissée en évidence sur la petite table, cela ne peut pas être par hasard. Il faut aller jusqu'au bout. Et c'est cette nuit.

Hélène Avèle dans la même nuit se retrouve devant la librairie. Ses pas l'ont ramenée au lieu de la première rencontre. Dans sa tête, les choses ont continué à se dire, au fur et à mesure de sa marche solitaire.

J'ai fait l'amour. Au fil des ans, j'ai attendu la venue des hommes qui étaient mes amants. J'ai aimé et détesté l'attente, l'état dans lequel elle me plonge. Présente intensément. J'ai guetté les bruits, l'ouverture d'une porte, le claquement d'une portière. Dans mon corps, chaque son résonnait. J'ai aimé les premières caresses, celles qui osent et se retiennent à la fois, celles qui cherchent. J'ai aimé sentir que peu à peu mon corps s'accordait à un autre corps. Toutes ces étreintes depuis l'Afrique, jusqu'à aujourd'hui, sans jamais dire Je t'aime.

Avec Jean, l'accord s'est donné si vite. Inutile de penser. Ma peau et la sienne se trouvent dès que nous sommes ensemble. Même quand nous marchons, simplement, dans la rue, ma hanche contre la sienne, c'est du désir. Avivé à chaque pas.

Mais les mots de l'amour, c'est autre chose.

Ça fait retourner quelque part loin, il y a longtemps.

À l'intérieur de moi, quelque chose s'est agrandi. L'histoire d'amour maintenant, elle est avec le monde. Les autres. Tous les autres. Ma façon d'aimer c'est travailler à perfectionner cet outil que je suis, qui capte tout et tente de partager avec les autres l'émotion du monde qui est la mienne.

Comment faire entrer l'amour pour un seul être humain dans ce qui bat si vaste ? Comment ne pas avoir le sentiment de se réduire ?

Son téléphone sonne deux petits coups : alerte pour un message qui est arrivé. Elle lit Bonne nuit. C'est tout.

Il n'écrit pas qu'il l'embrasse et elle a peur soudain d'avoir gâché quelque chose. Et puis elle se reprend. Non, décidément, si elle veut garder l'amour vaste, il faut que ce soit dans cette liberté. Tant pis pour la peur, tant pis pour l'incertitude. Il faut traverser ces zones-là aussi, en aveugle. Ça suffit d'avoir besoin d'être rassurée. Rassurée, elle sait où ça mène. Elle l'a vécu et vécu. L'amour n'est pas là pour rassurer. Une bonne fois il faudrait se faire entrer ça dans la tête. L'amour ne rassure de rien, n'empêche rien. Aimer ne donne aucune protection. Aucune.

Il faut éprouver la confiance.

C'est le plus difficile. Une vraie épreuve.

La confiance, elle se dit qu'elle l'a, de façon un peu folle, en Octave Lassalle. Depuis le début de cette étrange aventure. Elle a voulu que sa vie change. Elle a cherché cela en répondant à la drôle d'annonce. Eh bien c'est fait.

Octave Lassalle n'a pas réagi avec la véhémence qu'elle redoutait quand elle lui a rapporté la photographie emportée par mégarde. Il a dit Votre manque d'attention a permis à la mienne de se ressaisir, en la regardant droit dans les yeux. Cet homme qui a passé sa vie à observer les autres, tenter de comprendre ce qu'eux-mêmes ne savaient pas de leurs corps, tenter de les aider. C'est cela la confiance avec lui. C'est tous ces moments passés à s'occuper des autres qui ont donné à son regard cette acuité, cette bienveillance infinie, comme si tout était excusable d'avance chez les humains. Pas de jugement. L'attention seule.

C'est si rare.

Elle lui a confié son avancée dans le travail. Les ombres et le visage qui est venu. Elle a partagé avec lui. Elle lui a dit sa liberté : celle d'être juste une poussière et il a souri. Gravement. Elle n'a pas parlé de Jean et de sa présence dans son lit, cette présence qui lui donne de la force. Elle n'a pas parlé des corps parce que c'est inutile. Octave Lassalle a dû aussi sentir cela chez elle.

Elle n'a pas dit qu'elle avait rencontré vraiment le regard de Claire.

À cette heure, la librairie est fermée. Elle regarde les titres dans la vitrine, voit le reflet de son visage sur la couverture des livres. Une seconde, elle imagine le reflet de Claire près du sien et, plus loin, celui d'Octave Lassalle. Une étrange photo de famille.

Octave Lassalle maintenant écoute la nuit. Il sait reconnaître tous les bruits de la maison, quelle que soit la saison. Le bois ne craque pas de la même façon l'été et l'hiver. Il sent la chaleur encore malgré la nuit. Il aimerait écouter de la musique au salon avec Béatrice sans se demander ce qu'il y a dans une vieille boîte en fer. Oublier tout ce qui n'est pas la paix, la douceur qu'il partage avec la jeune femme.

Il ne peut pas.

Alors ses mains font le travail. Comme elles l'ont toujours fait. Dans le lointain de son être, la décision est prise. Ses mains n'ont plus qu'à exécuter. Sans trembler. Elles s'emparent de la boîte. Il faut forcer le couvercle qui résiste. Il le fait.

Maintenant le couvercle est posé sur le divan, la boîte sur ses genoux. Ouverte. Il découvre.

Les perles de toutes les couleurs que Claire aimait pour se faire des bijoux de princesse. Elles sont là, empaquetées par couleur, attendant d'être choisies. Rangées comme jamais Claire ne l'aurait fait. La main d'Anna est passée par là aussi. Il soupire, prend un petit sac de perles, l'ouvre délicatement, fait glisser les perles au creux de sa main. Ces perles-là n'ont pas d'histoire. Elles n'ont pas touché le cou, les poignets de sa petite. Elles sont sans force. Elles ont juste été regardées, comme il le fait lui-même. Les couleurs sont vives. Il sort un autre sachet, un autre encore. Alors apparaît, dessous, une surface lisse, noire. Il touche. On dirait une couverture de carnet. Il retire, vite, les autres sachets. Fébrile. Un carnet, oui, un de ceux qu'il utilise, lui, pour ses notes, son journal.

La poussière n'a pas pénétré la boîte. Le carnet est intact.

Il l'ouvre.

Le sang bat fort à ses tempes.

La première page est vierge. Il tourne la feuille. Sur la page suivante, collée, une feuille de papier pliée. Il la déplie. Il reconnaît.

C'est son écriture à lui. C'est la page qu'il avait écrite à la mort de son père, seul dans sa maison d'enfance où il était allé classer les papiers. Il n'avait pas emporté de carnet, avait écrit sur une feuille prise sur le bureau de son père. Il se rappelle avoir cherché ensuite cette feuille, longtemps. En vain. Il avait fini par penser qu'elle s'était égarée dans le déménagement qui avait suivi.

Quelqu'un s'en était donc emparé, l'avait conservée précieusement, pliée, collée, remise dans un carnet. Anna?

Il se revoit écrivant dans la maison de son père, cette maison où le vieux docteur vivait seul depuis la mort de sa femme. Il s'était installé dans son ancien bureau. Il avait du mal à décider la vente de la maison, trop éloignée pour qu'ils puissent y aller en dehors des vacances. C'était cette époque où il travaillait sans relâche. Seul. Toujours seul. Rentrant trop tard pour embrasser Claire. Trop épuisé pour parler avec Anna, la prendre dans ses bras. Plein du sens de ce qu'il faisait jour après jour. Cette lutte, sans arrêt, contre la mort. Celle de son père l'avait cueilli au dépourvu. Désemparé. Il avait tenu à s'occuper seul des formalités, ne voulait surtout pas qu'Anna y aille de ses prières et de son espérance de l'au-delà dans la maison du vieil athée. Un dernier respect pour ce père qu'il admirait. Elle s'était sentie exclue, impuissante devant son chagrin. Ils ne savaient pas alors qu'ils jouaient une répétition de ce qui les foudroierait à peine quelques années plus tard.

Le vieil homme déplie la feuille. Il lit et il sent à nouveau. Les deux mots écrits, seuls, en en-tête. La lourdeur et la douleur. Deux mots si proches. Il se souvient. Il n'était resté qu'une seule nuit dans la maison. Claire devait avoir seize ans à l'époque.

De sa main est écrit qu'il pleure, assis là, dans le bureau de son père. Il lit la suite. Il s'imagine qu'un jour cela arrivera aussi à sa fille... et qu'elle pleurera elle aussi... Il écrit que cette idée le soulage, étrangement. Parce que c'est l'ordre du monde.

Il a écrit cela !

La vie s'est bien moquée ! Comme il était heureux quand il écrivait ces lignes de chagrin ! ce chagrin-là était bien supportable, oui. Il ne savait pas encore ce qui l'attendait.

L'ordre du monde n'existe pas. La rage prend le vieil homme à nouveau. L'ordre du monde n'existe pas ! et il n'est pas capable, lui, comme Job qui perd tout de façon si cruelle, de continuer à penser que ce que dieu fait est bien fait. Il repense à la phrase "Nu je suis sorti du ventre de ma mère et nu j'y retournerai". Est-ce que ces phrases ont été écrites par des hommes il y a si longtemps pour soulager d'autres hommes encore et encore ? Parce que le malheur n'a pas de fin ? Parce que le pauvre ordre du monde qu'essaie de construire chaque être humain de jour en jour est voué à être piétiné de toute façon, par une tempête, une voiture, une simple pierre sur le chemin ?

Octave Lassalle se sent misérable devant les mots qu'il avait écrits. Des mots qu'il trouve pompeux. Non il n'était pas encore ravagé par la douleur. Il ne savait pas encore ce que c'était. Il était juste malheureux. Il n'était pas encore dénudé comme Job.

Pourquoi lui. Lui qui n'a pas la foi dans ce dieu.

Jamais Claire ne pleurera sa mort.

Ce n'est pas comme ça que l'histoire s'écrit. Son histoire à lui. Et il ne connaît pas la suite de cette histoire. Ni la sienne ni celle de Béatrice juste à côté ni celle d'Hélène, de Marc, de Yolande. Il ne connaît rien de ce que sera la suite.

Octave Lassalle arrache la feuille, il en fait une boule qu'il jette sur le parquet. On est ignorant. Si ignorant. Il a envie de détruire ce carnet, de ses mains, tant qu'il en a encore la force. Échapper à ce qui l'attend, là, dans les pages et les pages écrites d'une grande écriture qu'il a tout de suite reconnue. L'écriture de Claire. C'est son journal. Il brûle de le lire pourtant quelque chose de plus fort le retient. Au-delà de la mort, le journal a droit au secret. C'est le dernier respect.

Mais impossible qu'Anna, qui a tout rangé si soigneusement, ne l'ait pas vu. Ne l'ait pas lu. L'idée qu'elle, elle connaisse tout ce que leur fille a pu écrire le taraude.

Il se lève, prend le carnet.

Il a besoin soudain de voir Béatrice, de s'assurer de sa présence, là, à côté. Il ouvre doucement la porte. Ses yeux trouvent rapidement la forme de la jeune femme, blottie dans le fauteuil où s'assoit d'habitude Hélène Avèle. Elle dort. Il s'approche. Le visage endormi offre une paix sans limite. Il pourrait caresser ce visage, sans fin, et s'endormir lui aussi. Oublier tout. Il pose, à peine, sa main sur la tête de la jeune femme, comme pour protéger son sommeil. On n'oublie rien. Elle a laissé sur la table basse ses affaires de travail, classeur, stylo, des écouteurs pour la musique, sa tasse de tisane pas complètement bue. Il est ému, inexplicablement, de ce petit fatras bien à elle, sur la table de son salon.

Il s'assoit sur l'autre fauteuil.

Il la contemple.

Combien de temps est-il resté là, sans bouger ? Il a la sensation, comme lorsqu'il était enfant en vacances au bord de l'océan, que la mer creuse sous ses pieds, de façon invisible. Le sable s'éboule. S'il se lève il ne marchera plus sur rien de ferme.

Seul le visage endormi de Béatrice est quelque chose de stable dans le monde, en ce moment même. Rien d'autre n'existe. Si seulement la vie pouvait commencer là.

La jeune femme se tourne un peu. Il a peur qu'elle le découvre face à elle. C'est cela qui lui donne la force de se lever.

Il ne retourne pas dans son bureau. Il monte lentement l'escalier, le carnet à la main.

Arrivé sur le palier du premier étage, il regarde la tête du jeune cerf accrochée au mur. Il le revoit sortant du couvert où il était à l'abri, soudain s'arrêtant, le flair en alerte. Anna détestait voir cette tête de cerf. Anna qui n'a pas pu ignorer l'existence du carnet sous les perles, elle qui a tout rangé, tout mis en scène dans la petite cabane pour qu'un jour, il découvre.

Octave Lassalle se sent pris dans un piège très ancien. C'est Anna de si loin qui a mené la traque.

Du banc où il est assis dans le jardin, Marc Mazetti voit enfin la lumière s'allumer dans la chambre d'Octave Lassalle. Cette nuit, il est venu jusqu'ici, à pied. Il a poussé la grille sans bruit, comme il l'a déjà fait, d'autres nuits, en secret. Il a besoin de sentir les odeurs du jardin la nuit. Besoin aussi de connaître la maison dans la nuit. Pour sa paix à lui. Il ne réfléchit pas. Il vient.

Une fois, il est entré. Il est resté dans le salon en bas un long temps. Il a effleuré chaque objet, lentement. Puis il est monté, sans bruit, jusqu'à sa chambre. Il sait ne pas faire grincer les lames du parquet. Il sait se déplacer sans que l'air vibre autour de lui. Cette nuit-là il est resté longtemps les yeux ouverts, allongé sur le lit étroit. Il a pensé au monde et au sommeil des gens. Il a eu des pensées vastes, gorgées de la présence du jardin, du remuement des feuilles, de l'obscur parfum de la végétation endormie. Il a senti les choses de la vie et de la mort autrement. Un grand souffle continu qui respirait à travers tout, à travers sa poitrine aussi.

Il a eu envie de faire l'amour à une femme.

Il a rêvé d'un corps de femme, d'une chevelure. La femme avait le parfum de l'herbe chaude quand il est avivé par une pluie drue, l'été. Ce rêve l'a bouleversé. Au matin, il y avait en lui cette douceur nouvelle. Il avait remercié la maison.

Il était descendu sans bruit, avait préparé le café. Béatrice Benoît en avait rapidement avalé une tasse, debout dans la cuisine, un sourire puis elle avait filé à ses cours. Il était sûr qu'elle ne s'était pas rendu compte qu'il avait dormi là.

Depuis il a eu besoin de revenir chercher cette douceur du jardin dans la nuit. Parfois il vient en moto et la gare bien avant la grille pour ne pas faire de bruit. Il n'a pas dormi à nouveau dans la maison. Il se contente de rester un moment, monte parfois dans sa chambre puis il rentre chez lui.

Cette nuit, il a attendu que la lumière à l'étage du vieil homme s'allume. Il avait remarqué que les volets de sa chambre n'avaient pas été fermés et que Béatrice Benoît n'avait pas allumé sa lumière. Il se demandait si quelque chose l'avait empêchée de venir. Il n'aime pas l'idée de partir en laissant Octave Lassalle seul.

Il pénètre doucement dans la maison, monte sans bruit à sa chambre. Au passage sur le palier, il jette un œil à la plante qui avait tant effrayé Béatrice Benoît le jour où ils s'étaient tous retrouvés dans la maison pour la première fois. La plante a poussé encore plus loin ses tiges vigoureuses. De très petites fleurs, d'un rouge délicat, pointent au bout des tiges. Il est heureux, inexplicablement, de ces fleurs. Il est sûr qu'il est le premier à les voir.

Dans son sommeil, Béatrice Benoît a-t-elle perçu des mouvements ? Elle s'est réveillée, a vu la porte du bureau laissée entrouverte, la lumière de la lampe allumée près du divan de velours rouge.

Elle s'est levée pour voir si le vieil homme allait bien.

Elle découvre la pièce vide, la boîte en fer ouverte sur le divan. Elle s'approche. Des petits sachets de perles de toutes les couleurs. Un monde de petite fille. Celui de la cabane du jardin. De la fille d'Octave Lassalle. Elle n'ose pas s'en approcher davantage. Comme s'il y avait là quelque chose de sacré, qui n'appartient qu'à lui. Elle voit des perles, vertes, par terre. Celles-là, elle ose les ramasser. Elle ignore qu'elles ont été serrées dans la paume du vieil homme. En se penchant pour les ramasser, son regard est attiré par une boule de papier froissé.

Elle entend son pas juste au-dessus. Il ne dort pas. Elle se rassure à l'idée qu'il a pu monter seul l'escalier mais s'inquiète qu'il ait laissé la pièce comme à l'abandon. Peut-être va-t-il redescendre ?

Elle ramasse la feuille, la lisse du plat de la main. Elle lit, assise par terre. Les mots l'entraînent loin, dans une peine qui n'est pas la sienne. C'est étrange de se retrouver avec lui, tant d'années plus tôt. Elle essaie de l'imaginer, d'après la date inscrite en en-tête. Puis les deux mots. La lourdeur et la douleur. Elle a beau essayer de l'imaginer à cette époque, c'est l'homme d'aujourd'hui qu'elle voit, assis dans une maison prête à être vendue, qui pleure.

Elle ignore qu'elle fait exactement ce que Claire avait fait il y a si longtemps.

La souffrance est une terre silencieuse.
On y marche pieds nus.

L'homme qui écrivait venait de perdre son père. Il sentait le temps de sa propre vie filer dans ses veines. Il disait combien il aurait voulu être davantage près des siens. Soigner le corps, la vie des autres, des inconnus auxquels il vouait son attention, c'était sa route. Mais quand il arrêtait, il voyait les siens, sa femme, sa fille, ce vieux père qu'il ne visitait plus que deux ou trois fois par an. Il avait peur de ne bientôt plus savoir aimer qu'à distance. Est-ce qu'on peut perdre la faculté d'aimer tout près de soi ? Est-ce que pour faire son métier comme il le faisait, il fallait forcément que sa capacité d'amour se diffracte ? Est-ce que c'était pareil pour ceux que la fameuse foi en dieu faisait entrer en vocation ? Où loger ensuite l'amour des siens ? Comment réduire l'amour à une compagne, une famille ? Sa famille, la vraie, c'était tous ceux qui se présentaient devant lui, ceux à qui il avait juré de porter assistance, quoi qu'il en coûte.

Béatrice Benoît, la tête posée contre le rebord du divan, imagine ce que devait être la vie ici quand il y avait encore sa femme et sa fille. Elle les imagine toutes les deux, seules le plus souvent, l'attendant pour dîner puis dînant sans lui. Et lui, rentrant tard. Toujours trop tard.

Elle se demande si avec eux quatre, le vieil homme a voulu connaître l'amour de près.

Dans la chambre, Octave s'est allongé. Le carnet est là. Il ne peut pas ne pas le lire. Et en même temps il sait que si Anna l'a laissé, ce n'est pas pour son bien. Comment échapper ?

Il commence à lire.

Claire écrit d'abord sur lui, son père. Qu'il n'est jamais là mais qu'elle l'admire, qu'elle l'admire tant. Il lit. Il n'est plus nulle part. L'écriture de sa fille l'emmène. Loin. Elle écrit des petites choses aussi. Qu'il fait beau, qu'elle a envie de sortir, de rester avec ses amis, tard le soir…

Il ferme les yeux. Il imagine.

Ce n'est jamais lui qui s'est préoccupé de ses heures de retour à la maison. Il entre dans la vie quotidienne, les détails de la vie qui se menait sous ce toit. Sans lui. Il entend de ligne en ligne les disputes entre mère et fille, Anna opposant son refus à ce qu'elle estime être des débordements. Claire ne devait pas être facile.

Il retourne à la lecture. Au fur et à mesure des pages, il entre dans l'opaque. Il découvre le côté sombre de sa fille, à seize ans. Ses désirs fous de liberté. Elle vit de plus en plus dans la cabane du jardin, loin des questions de sa mère, loin de cet ordre qu'elle ne supporte pas.

Octave Lassalle sent dans sa propre poitrine le resserrement. Comment a-t-il pu vivre auprès d'elle sans se rendre compte ?

Ce sont des cris de rage qu'il lit. De plus en plus courts. De plus en plus intenses. Puis l'été de ses dix-sept ans. Un grand blanc sans rien dans le journal. Quand l'écriture reprend l'été est passé. Et Claire n'est plus la même.

Octave Lassalle s'est arrêté.

Que faisait-il cet été-là ? Où était-il ? Il y a si longtemps. Sa mémoire est là, tapie entre les lignes écrites par Claire. Sa mémoire d'il y a si longtemps, vive, précise. Il revoit Anna. Elle voulait retrouver l'été de Montréal. Elle avait besoin de cette sensation soudaine de chaleur, intense, aussi intense que le froid de l'hiver là-bas. Son pays lui manquait. Ses parents lui manquaient. Elle avait besoin de retrouver la maison verte de la rue Clark, son jardin foisonnant, la vieille église au toit peint en rouge. Anna voulait passer deux mois entre Montréal et le chalet dans les Laurentides. Lui la rejoindrait quand la clinique le libérerait. Il se souvient. Claire n'avait pas voulu partir pour deux mois. Elle avait trouvé une place de jeune fille au pair chez son ami, chirurgien comme lui, celui à qui il confia sa vie si peu d'années après. Anna et lui étaient tombés d'accord pour qu'elle prenne l'avion en même temps que lui. Pourquoi n'avaient-ils pas voyagé ensemble ? Qu'avait-elle prétexté pour rester plus longtemps en France ? Il ne se rappelle plus.

Comment n'a-t-il rien deviné ?

Quand elle les a rejoints elle avait déjà plongé en pleine passion.

Il regarde le carnet.

L'impression de pénétrer par effraction. C'est sa fille. C'est bien sa fille. Mais de retour dans la grande maison, le royaume minuscule de la maison de poupées est devenu le refuge d'une jeune femme ardente. Il la voit, repoussant avec rage les petits fauteuils de son royaume d'enfant, couchée sur le matelas jeté par terre, écrivant fébrilement. Elle vivait l'élan fou qui l'emportait. Elle souffrait. Elle vivait les affres d'une passion démesurée. Elle a écrit qu'elle se perdait. Cœur et âme, le corps avait tout emporté. Les lignes qu'il a lues le dévastent. L'homme qu'elle désirait avec cette passion dévorante n'était pas un jeune homme. C'était un homme de son âge à lui, marié. Un père de famille.

Garder le carnet fermé.

Ne pas aller plus loin. Jamais.

Ce qu'elle écrit du corps de son amant, il ne peut pas le lire.

Ah non ce n'est pas le bel amour romantique qu'il avait imaginé pour un jeune homme inconnu. Elle avait directement plongé dans la passion. Totale. Foudroyante. La furie de l'étreinte, n'importe qui d'autre pourrait lire. Mais pas lui. Pas son propre père. Il ne peut pas.

Brûler ce carnet, le déchirer, il ne sait plus.

Le cœur battant jusqu'au bout des doigts.

Oh comme il n'a pas su protéger son enfant ! Elle ne s'épargne pas dans ce journal, Claire. Elle dit sa haine pour tout ce qui l'empêche de rejoindre son amant, celui pour qui elle ferait n'importe quoi et elle avoue faire n'importe quoi. Elle le guette, elle l'attend, elle l'espionne. C'est abject. Elle se sent abjecte et elle l'écrit. Sa petite fille. Il a lu ça. Chaque ligne, une blessure. Elle a crié son désir et sa rage. L'homme ne lui laisse aucun espoir. Rien. Mais elle s'est obstinée, obstinée comme il sait bien qu'elle pouvait le faire. Lui qui admirait tant en elle cette volonté tenace.

Il voudrait retourner le temps. Il voudrait se retourner lui, et la prendre dans ses bras et lui dire qu'elle est sa petite fille. Même si. Elle est et elle sera toujours sa petite. Oui, même si.

Il voudrait tuer l'autre.

Oh dans quoi s'est-elle débattue toute seule.

C'est là qu'Anna le guette, à travers le temps ?

Elle a lu, elle. Il en est sûr. Jusqu'au bout.

Cet homme qu'ils n'ont jamais rencontré. Qu'elle allait retrouver…

Une tempête s'est levée dans le cœur d'Octave Lassalle. S'il garde ce carnet près de lui, il lira, il le sait. Il ne pourra pas y échapper. Et quelque chose en lui dit qu'il faut qu'il échappe. Sinon.

Il entend dans l'escalier les pas de Béatrice qui va se coucher. Il ignore que là-haut, à l'étage, veille Marc Mazetti. Les liens invisibles sont tissés.

Loin, dans la ville, Hélène Avèle a quitté la devanture de la librairie. Elle a décidé qu'elle irait voir Jean. Elle sonnera à sa porte. Elle lui demandera s'il veut poser pour elle. Et pendant qu'il posera, elle lui dira qu'elle a décidé d'aller à Montréal, qu'elle ira dans cette maison verte de la rue Clark dont Octave Lassalle lui a parlé. La maison où Anna, sa femme, vit maintenant, entourée d'enfants qu'elle a recueillis. Elle ira, elle la rencontrera. Que se passera-t-il quand elle lui montrera le portrait ? Il faudra bien qu'elle parvienne à la convaincre.

Elle a décidé qu'elle demanderait à Jean s'il veut venir avec elle. Peut-il laisser ses plans, ses chantiers ? Peuvent-ils faire ce voyage ensemble ?

Hélène marche, le cœur suspendu, dans les rues.

Yolande Grange, elle, se réveille d'un cauchemar. Comment bien dormir après avoir discuté aussi longtemps avec Louise ? Louise qui a voulu absolument rejoindre cet atelier d'écriture. Ce soir elle y est allée et elle a dit qu'elle ne savait pas quand elle rentrerait parce qu'après ils discuteraient sûrement ensemble. Et elle qui ne sait pas lui dire que tout ça lui fait peur, c'est tout. Qu'ici c'est sûr, elle est protégée. Qu'au moins elle pourrait attendre la naissance.

Jusqu'à la naissance, c'est à elle et elle seule de s'occuper de tout. C'est chez elle qu'elle est venue frapper, après tout. Pas à la porte de ce centre qui lui promet monts et merveilles maintenant. Yolande a senti toute la soirée une rage sourde qui l'a fait se tourner et retourner dans son lit.

Elle qui ne s'est jamais révoltée contre rien, elle se sentait prête à dire des choses mauvaises.

Le sommeil l'a embarquée dans une houle opaque. Dans son cauchemar, elle entend Louise lui dire avec son sourire très doux qu'elle est amoureuse, à nouveau, que c'est un garçon bien cette fois, qu'ils parlent déjà d'emménager ensemble. Ce serait comme son père pour l'enfant puisqu'il serait là dès qu'il naîtrait.

Le monde s'effondre tranquillement dans le sourire de Louise. Si heureuse. Une plénitude.

Yolande comme un poisson rejeté sur la berge, ne respire plus.

Alors dans le rêve, elle se lève, fait ce qu'elle a toujours fait, rêve ou réalité, elle débarrasse la table, va à la cuisine. Elle apporte le dessert, des pêches au miel et au thym dont la petite raffole. Elle la regarde se délecter. Dans sa poitrine un gouffre.

Évidemment, un garçon. Ça devait arriver. Tôt ou tard. Dans l'ordre des choses.

Mais pas déjà. Pas comme ça. Pas avant que naisse l'enfant. Ça non, C'est trop injuste.

"Tu ne dis rien ?"

Yolande avale des bouchées fondantes les unes après les autres sans même se rendre compte du goût. Dire quoi ?

“Mais tu sais, je viendrai souvent. Il voudrait te rencontrer. Il dit que t’as tellement fait pour moi.”

Qui ? Mais qui ? Alors il y aura toujours quelqu’un d’autre, quelqu’un qui vous arrache le peu de bonheur que vous avez réussi à construire, bec et ongles, contre vents et marées ? Un Paul un Pierre elle n’en a rien à faire, elle. C’est un autre, c’est tout. Elle, elle voulait juste que ça continue tranquille, comme ça. Pas grand-chose ce qu’elle demandait. Rien de plus.

La rage la tasse dans le lit, prête à bondir, à quoi ? C’est quoi ce qu’il y a en elle pour la petite ?

Sauvage.

Le cauchemar la rend à la nuit, bien réveillée. Elle se lève s’habille, écrit bien clairement qu’elle est sortie sur un papier posé sur la table de la cuisine. Elle prend les clefs de sa voiture.

Un contentement mauvais à se dire que Louise se demandera où elle est, qu’elle s’inquiétera. Après tout, c’est bien son tour.

Elle a une clef dans sa poche. Une clef qu’elle pensait ne jamais utiliser. La clef de la grande maison. Elle a soudain en tête l’image de la maison, paisible, entourée de son jardin. Elle va se promener dans ce jardin, elle qui n’ose pas y pénétrer, au lieu d’étouffer ici cette nuit. Elle va respirer. Et quand le sommeil reviendra elle aura le choix, oui, le choix : se coucher dans l’herbe ou dans la chambre qui lui est réservée. Elle se sent forte de pouvoir choisir.

Octave Lassalle s'est emparé du cahier. Il le tient contre sa poitrine. Fort. Puis lentement il l'ouvre.

Il compte les pages.

Il divise en quatre.

Il s'est levé, a pris, dans le tiroir du petit écritoire de la chambre, une paire de ciseaux. Il découpe les pages. C'est un acte terrible. Il découpe et il retrouve dans le geste le sacré du premier coup de scalpel.

Quatre paquets de feuilles.

Il les distribue dans sa tête. Par ordre chronologique d'arrivée dans la maison chaque jour. Le premier paquet sera pour Marc. Le deuxième pour Hélène. Le troisième pour Yolande. Et le dernier pour Béatrice.

Diffracter le péril.

Que chacun des quatre détienne une partie de l'histoire de Claire et ignore les trois autres. C'est sa seule façon de se garder.

Il ne sait pas comment lui est venue cette idée mais c'est la seule possible.

Il s'est recouché mais il garde la lumière allumée. Sur l'écritoire, les quatre paquets. De son lit, il les regarde.

Hélène Avèle est arrivée chez Jean. Au pied de l'immeuble, elle lève les yeux avant de composer le code. Aucune lumière au quatrième étage. Qu'espérait-elle ? Qu'il l'attende ?

Soudain son entreprise lui paraît absurde. Pousser la grande porte cochère, monter, sonner à sa porte, le réveiller sûrement. Tout cela semble si vain. Une construction qui ne tenait qu'à une lumière allumée ? Elle soupire. La douceur de cette nuit est une vraie traîtrise. Dans une douceur pareille, on échafaude, on crie qu'on aime par-dessus un pont, on croit à tant de choses. La réalité, c'est que là-haut la lumière est éteinte et qu'elle n'ose plus rien du tout.

Elle se sent seule et fatiguée.

Un taxi passe.

Elle ne réfléchit pas, lui fait signe.

C'est l'adresse de la grande maison qu'elle donne au chauffeur.

La nuque appuyée sur le dossier du siège à l'arrière, elle regarde les rues paisibles éclairées. Le trajet la fait repasser devant la librairie. Elle ferme les yeux.

Elle se dit qu'elle partira sans le revoir.

Maintenant ils sont tous là. La grande maison est étrangement animée dans cette nuit douce d'été.

Depuis des années il n'y a jamais eu autant de souffles différents à l'intérieur de ses murs.

Octave Lassalle avait raison de compter sur elle pour les réunir.

Réunis, ils le sont. Chacun dans sa chambre a le cœur en alerte. Les raisons sont diverses. Comme les vies.

Je les ai entendus. Je ne dors pas. Je ne peux pas dormir. Tant que je n'aurai pas donné les quatre parts de ta vie, Claire, je ne pourrai pas. J'ai entendu trois fois les pas dans l'escalier. J'ai reconnu ceux de ma petite Béatrice, puis Yolande et Hélène peu après. Et Marc a beau faire attention, comme à son habitude silencieuse, j'ai repéré le bruit de ses volets. Il a ouvert sa fenêtre. Il était donc déjà là. Quand est-il arrivé, mon homme silencieux du matin ?

Ils m'entourent.

Ils sont là. Je ne les ai pas appelés. Ils sont venus. Ils me protègent. Chacun à sa façon. Est-ce que c'est cela, un miracle ?

J'ai eu beau lire tant de fois l'Ecclésiaste, tant de fois me répéter Vanité des vanités tout est vanité… J'y crois encore. Entre eux et moi, au fil des jours, quelque chose s'est bien tissé. Un drôle de fil de vie à vie. Ma vie, elle ne vaut pas plus que la leur. Tant d'années solitaires. Je ne pourrai plus maintenant. Me voilà devenu dépendant. Pas physiquement, non. C'est mon cœur qui s'est attaché à ces quatre existences. Est-ce que c'est cela que je cherchais ?

Quand je sauvais des vies, est-ce que je cherchais aussi à m'y attacher, sans le savoir, dans la distance et la précision du geste ?

Je n'ai pas su aimer de près.

Anna a essayé. Comment ai-je pu oublier si longtemps son ardeur ? La passion, Claire, ce n'est pas de moi que tu la tenais. Moi je me suis toujours protégé. Ta mère, elle, ne se protégeait pas. Elle a essayé de faire tomber ce qu'elle appelait mes défenses. Mais ces défenses, ce sont elles qui me permettaient d'être le chirurgien que j'ai été. C'était ma vie. La mener autrement, je ne pouvais pas. J'étais ainsi fait.

Claire, ô ma petite Claire, je ne t'ai pas protégée, toi. Je n'ai rien vu.

Est-ce que j'aurais pu te sauver de la passion moi qui n'ai pas osé tenter de te sauver dans ma clinique ?

Marc Mazetti a entendu lui aussi les pas dans l'escalier. Étonné, il a compris que les trois autres chambres étaient habitées cette nuit. Quelque chose le tient en éveil.

Cette nuit nous sommes là. Nous habitons toutes les chambres de l'étage. Trois femmes et moi. Trois corps de femmes. Je me suis attaché à elles trois plus qu'à mes amoureuses de passage. J'en ai assez des amoureuses de passage, mes courts métrages. Mais une femme, une seule, est-ce que j'y ai encore droit ? est-ce que je suis bon pour la vie, moi ? est-ce que je ne fais pas mourir tout ce que je touche de vivant ? Les fleurs, les plantes, je les garde bien mais les êtres vivants j'ai tellement l'impression que je ne suis plus capable.

Si je fais un film dans ma tête, je vois leurs corps allongés et ma main qui les caresse. Je pourrais caresser chacune de ces trois femmes. Parce que c'est Octave Lassalle qui les a choisies. Elles ont quelque chose en commun.

Je n'ai croisé que Béatrice et Mme Lemaire. Mme Lemaire qui quitte peu à peu le navire. Elle dit qu'elle pense à sa retraite, qu'elle peut, que maintenant M. Lassalle est bien entouré. Je crois qu'elle m'aime bien, finalement, maintenant, à sa façon, mais bien sûr que ça a changé depuis qu'on est là. Forcément. Elle n'aime pas trop Béatrice, ça se sent. Béatrice, Béatrice, si jeune. J'aime voir sa bouille encore endormie le matin. Je la caresserais comme on caresse un jeune chat, en me méfiant des coups de griffe, des bonds de côté imprévus, des échappées. Elle est belle. Mais c'est comme si autour d'elle il y avait un filet. Il faut la regarder à travers les mailles. L'envie de tirer là-dessus d'élargir de déchirer, il faudra que quelqu'un l'ait, et l'énergie qui va avec. Pas facile de l'atteindre, sous ses airs gentils et sages. Pas facile sûrement d'en faire son amoureuse. Plus pour moi tout ça. Moi j'ai besoin que ce soit fluide, facile, simple. Je voudrais une femme sans filet, sans protection. Nue déjà. Avant même que moi je la touche…

Hélène a ouvert la fenêtre de sa chambre. Elle regarde le jardin. La nuit habite chaque feuille. Comment expliquer qu'elle sent cette densité que prend chaque chose innervée par l'obscur ?

Sur la table de bois, les esquisses du portrait, toutes ses tentatives patientes. Elle ne les regarde pas. C'est en traçant encore et encore ces traits qu'elle s'est approchée peu à peu de sa propre densité. C'est toujours en aveugle qu'on s'approche. Elle cherchait l'ombre juste pour redonner un visage à une jeune femme qu'elle ne connaîtrait jamais. Le travail de sa main l'a conduite à tracer sa juste forme à elle, en écho, sans qu'elle s'en rende compte.

Claire, jeune Claire, où es-tu ? Pourquoi nous est-il donné de vivre et de ne rien savoir ? L'ignorance m'épuise.

Je me sens si seule d'avoir renoncé à voir Jean cette nuit. Je me sens si loin. Est-ce que c'est apprendre à ne plus désirer ? est-ce que c'est apprendre à mourir ?

Cette nuit, je ne pouvais être qu'ici. Ici, c'est un lieu centré et vidé à la fois. J'y tiens mon souffle, sans l'appui d'aucun désir. Je suis prête à m'envoler, je le sens. Et ça fait peur. Je ne pourrai plus jamais aimer comme avant. C'est cela que j'ai su devant la porte de Jean. Aimer comme j'ai aimé en Afrique, toute d'un seul tenant, sans place pour rien d'autre, c'est fini. Ici, j'ai appris à aimer de loin. C'est comme ça que je peux respirer vraiment. J'ai peur de la solitude pourtant. Si peur.

Petite Claire toi qui as roulé trop vite pour rejoindre un amant, tu n'as jamais dû te poser la question de la solitude. Quand on est jeune, aimante, vibrante, on veut, c'est tout. Sentir le corps de celui qu'on aime, sans un seul espace entre. Rien qui sépare. Rien. J'ai voulu ça moi aussi. J'ai aimé ça moi aussi.

Aujourd'hui il me faut de l'espace entre. Je n'aurais jamais pu faire ton portrait, petite Claire, sans ce vide. Et l'amour n'aime pas le vide.

Le corps de Jean, il est en moi. Le retrouver ce serait être heureuse, oui. Mais comment lui dire que j'ai aussi besoin d'être totalement libre. De partir loin, ailleurs ou à l'intérieur de moi. Et que ma vie, c'est comme ça que je peux la vivre. Pas autrement.

D'avoir fini ton portrait, Claire, je me sens vide, légère, flottante. Cette sensation-là, je ne peux pas la partager vraiment. J'ai besoin de sentir que je peux être juste un cerf-volant lâché dans le ciel. Est-ce que deux cerfs-volants peuvent se rencontrer ?

Quand je reviendrai de Montréal, je ne sais pas qui je serai, ce qui en moi aura changé encore d'avoir rencontré ta mère, Claire, celle qui t'a donné ton visage de lumière. Moi je t'ai donné ton ombre. J'aimerais cette nuit que tu me dises que l'ardeur ne se perd pas. Qu'après le temps du vide, l'ardeur revient. Et le désir du corps de son amant. Toi qui ne t'es jamais posé ces questions, j'aimerais que tu m'aides. J'ai besoin cette nuit de ton ignorance de l'après. Dis-moi qu'un homme qui m'aime peut me comprendre. Dis-moi qu'un homme qui m'aime peut accepter de me voir m'envoler. Sans peur. Et m'attendre. Dis-moi tout ce qu'on sent quand on est amoureuse et qu'on n'a pas encore vingt ans.

Yolande ne s'est pas allongée sur le lit recouvert d'un boutis blanc. Elle a regardé la chambre pour la première fois, n'avait jamais pris le temps.

Tout ce blanc.

Il y a au mur au-dessus du lit un tableau. Peint sur du papier fin, comme froissé. Deux arbres très simples, aux longs troncs étirés. Au premier plan, l'arbre est blanc. Son feuillage forme une boule, blanche aussi. Et derrière, un arbre un peu plus haut, de même forme, mais vert. Comme une présence qui protège. L'arbre blanc a l'air si pur, si fragile.

Yolande se tient debout au pied du lit.

Elle pense à Louise. Son arbre fragile. Elles deux c'est ce tableau. Elle s'approche, discerne le nom du peintre Anne Slacik. Une femme. Elle est heureuse que ce soit une femme, sans s'expliquer pourquoi.

C'est bien comme ça. Moi je suis derrière. Toujours ma place, ça, derrière. La femme qui a peint le tableau, elle sait qu'il y a toujours quelqu'un derrière ceux qui sont si purs, si fragiles. Quelqu'un derrière.

Ma Louise, mon petit arbre blanc, tu as pris toute la place dans mon cœur. Moi j'ai rêvé que tu restes vivre à la maison, sans souci. On aurait élevé l'enfant toutes les deux. On a besoin de personne, toi et moi. On se serait débrouillées. Je sais bien que tu serais pas restée à rien faire. Tu aurais cherché un travail. T'es fière, même si tu as accepté le pire quand t'étais tombée dans leur saloperie. T'es un sacré bout de bonne femme, ma Louise. Moi je le sais. Moi je l'ai su quand tu as posé ta petite main sur la joue de ma mère. Tu vois, personne d'autre aurait pu seulement penser à faire ça. Et t'avais quoi ? Six ans, sept peut-être bien. Des gestes comme ça, ça s'oublie jamais.

Sûr que t'as pas besoin de moi pour l'élever, ton enfant. Tu sauras faire. Et puis tu as déjà trouvé un homme, pas étonnant, jolie comme tu es !

Mais moi, tu y as pensé à moi, dis ? Tu y as pensé à ce que ça me ferait de rentrer et puis de ne plus te trouver, là, assise dans la maison ?

Tu peux même pas imaginer comme tu l'as changée, ma vie.

J'y ai cru, au bonheur, moi, avec toi dans la maison. Tes cheveux tout en vrac le matin, ton pyjama avec les motifs de dessins animés comme une petite fille. Tu as été ma petite fille, Louise. Et tellement plus aussi.

Je t'ai jamais dit que j'avais envie de te prendre dans mes bras. Souvent. J'ai pas osé. Et je regrette. Maintenant je sais que c'est trop tard. Ça va aller vite. Quand une fille comme toi tombe amoureuse, ça traîne pas. Il va te vouloir pour lui tout seul, ton homme. Normal. Moi aussi je t'ai voulue pour moi toute seule. Mais j'ai pas le droit. Je suis rien, moi. Pas ta mère. Pas ta sœur. Rien.

Alors pourquoi je t'aime si fort ? Pourquoi ça me fait si mal que tu partes ?

Jamais ça m'a fait ça pour un homme. Pourtant j'en ai connu. Je ne suis peut-être pas une beauté mais je les attire, les hommes. Depuis toute jeune. Ma sacrée mère, elle me disait que j'avais le "truc en plus qui fait les vraies femelles". Ça la faisait rire. Oh que j'aimais pas entendre ça. Femelle, c'est bon pour les animaux. C'est vrai que les hommes, ils m'ont toujours aimée. C'est moi qui les aimais pas trop. Je ne sais pas pourquoi. Les seuls que j'ai laissés m'approcher, c'est les fragiles, ceux qui la ramènent pas, ceux qui ont quelque chose de cassé. Je sens ça de loin et j'y vais. Mais depuis que t'as frappé à ma porte, j'ai plus eu besoin de quelqu'un d'autre. Toi, tu me suffisais. Et avec l'enfant qui allait venir, je me disais que tout était parfait.

Qu'est-ce qu'on est bête, ma Louise. On y croit, à tout ce bonheur. À mon âge, on y croit encore. Et qu'est-ce qu'on est bête d'y croire.

Bon. Je vais pas me lamenter encore et encore. Cette nuit, faut que je sois toute seule. Je peux pas vivre avec le chagrin, avec la rage. Demain il faudra bien que ce soit fini. Tu veux partir. C'est la vie. Je peux pas t'empêcher. Le bon dieu là-dedans je me demande à quoi il pense. Si c'est lui qui t'a envoyée frapper à ma porte, alors c'est lui aussi qui te fait aller dans les bras d'un autre et j'ai plus qu'à dire amen ? Je me demande, des fois, ce qui fait et défait tout ça, ce fatras, nos vies. Je me demande. L'église, c'est pas pour moi. Mais je voudrais bien pourtant qu'il y ait quelque chose derrière tout ça. Ça me soulagerait, rien que de savoir que c'est pas juste des affaires de sexe et de sang et d'argent, tout ce qu'on vit. Je voudrais bien, oui, qu'il y ait quelque chose d'autre.

Tu vois, ma Louise, ce qui me suffirait c'est qu'il y ait comme un arbre, derrière moi aussi.

Elle ne sait pas Yolande que parfois une petite fille la suivait dans les rues du village l'air de rien et qu'elle avait le cœur qui battait fort quand Yolande, sous un porche, se laissait embrasser par un gars.

Octave Lassalle s'est levé. Il a besoin d'avoir plus près de lui les pages écrites par sa fille. Il sait que le danger le guette de les lire mais le besoin est plus fort que sa prudence.

Sur le lit, il étale les quatre minces paquets de feuilles.

Comme c'est dérisoire, Claire. Juste quelques feuilles de papier. Et c'est toute ta passion. Sans limite. Ô ma fille, ma petite fille. Comme tu devais l'avoir caché, ce cahier. Il faudrait le brûler le détruire. Mais je ne peux pas. Tu te rappelles l'histoire d'Isis et d'Osiris ? Isis, l'épouse et sœur, qui rassemble les parties éparses du corps de son frère, son époux.

Moi je fais l'inverse.

Je vais diffracter ta passion dans quatre cœurs. Pour qu'elle vive encore. Je ne sais pas si c'est bien. Le bien le mal parfois ça se réduit à ce qui fait vivre ou pas. Et je veux que tu vives. Et je veux vivre. Encore.

Demain je leur donnerai.

Aide-moi à tenir jusqu'à demain.

Le vieil homme a pris auprès de lui son cahier à lui. Cette nuit, il sent venir à nouveau des mots pour Claire.

Seule,
près de son fauteuil d'enfant,
la jeune femme regarde le jardin.

Puis il écrit encore

Les perles du collier d'enfant
ont glissé par terre
une vieille main les ramasse.

Il ne sait pas que les doigts de Béatrice font glisser au même moment les perles sur le couvre-lit rouge.

Béatrice a trop chaud. Il faudrait redescendre au jardin, marcher dans les allées, respirer l'air de la nuit, oublier peut-être toute cette maison, l'histoire du vieil homme et de sa fille, se sentir libre pour son histoire à elle. Son histoire à elle, comment la départager de celle des autres ? Elle est liée aux autres, tissée comme les fils de ce beau couvre-lit qui l'a attirée dans cette chambre.

Si je veux la vivre sans les autres, mon histoire, je vais me défaire. Une petite perle de verre toute seule. Sans le collier, une petite perle en verre, ce n'est plus rien. Rien du tout. J'ai essayé de me défaire de l'histoire qui m'a faite. J'ai laissé la maison de mes parents. J'ai laissé l'ange.

Et tout m'a rattrapée ici. Je me croyais loin. Pourtant, dès le premier jour, quand j'ai eu la sensation que mon visage allait être englouti par la plante, j'aurais dû comprendre. La peur était là. La même toujours, comme quand j'étais petite. Je l'ai bien reconnue. Et j'ai eu honte.

Avec Octave Lassalle c'est vrai je n'ai plus honte. Mais je n'ai pas changé. Profondément je n'ai pas changé. Je n'ai plus honte mais je suis toujours celle qui remplace. Ici aussi.

Je ne remplacerai jamais sa fille.

Alors je suis quoi, moi ?

J'ai eu tellement peur quand je l'ai cherché tout à l'heure. Ça veut dire que je me suis attachée à lui si fort ? J'aime qu'il me regarde quand j'ai l'impression que c'est bien moi qu'il regarde. Pas une ombre derrière moi. Et il l'a fait. C'est ça que je veux. Quand j'étais sur le mont cette après-midi, je rêvais qu'un homme me regarde comme ça. Mais le regard des hommes sur moi, ce n'est pas pareil. Ça joue. Comme le serveur du café quand je suis passée récupérer mes affaires. On aurait pu passer du temps ensemble. C'était facile, il en avait envie. Et il me plaît. Mais moi je ne sais plus de quoi j'ai envie.

Alors mon histoire…

Je voudrais tant qu'il y ait un grand élan qui m'emporte, quelque chose contre quoi je ne pourrais même pas lutter. Je ne me poserais aucune question. Ce serait plus fort que tout.

L'élan, je l'ai quand je danse, c'est tout.

Je devrais danser. Oser danser vraiment. Peut-être faire ma vie avec la danse, peut-être que tout changerait…

J'ai si peur. De ne jamais changer.

Béatrice entend une porte qui s'ouvre. C'est celle de Yolande Grange. Elle entend le pas ferme de Yolande qui se dirige vers le palier, qui descend.

Puis une autre porte s'est ouverte. Un autre pas.

Marc Mazetti a quitté sa chambre. La soif le pousse vers la cuisine. Il a envie de boire encore et encore de l'eau fraîche. Il a retrouvé, comme cela lui arrive parfois, la soif qui le minait en Afrique et le besoin de s'assurer qu'ici, l'eau coule à volonté. C'est rassurant. Douloureusement rassurant parce qu'il ne peut plus s'empêcher de savoir qu'ailleurs l'eau est un trésor. Rare. De plus en plus rare. Pour retrouver le plaisir de se désaltérer, il faut qu'il chasse les images d'enfants, les images de terre sèche.

Il lui a fallu quitter un rêve très doux. Encore un corps de femme entre ses mains et cet accord fluide. Impossible s'est-il dit en se levant. Les mouvements ajustés comme par magie, c'est bon dans les rêves. Pas quand on fait l'amour à quelqu'un en vrai. À chaque fois qu'il a retrouvé une amante, depuis l'Afrique, il a su que ça ne pouvait être qu'un passage. Mais un passage vers quoi ? Plus jamais se laisser aller à croire à une durée, à l'éternité, comme avant l'Afrique. Il l'a appris à ses dépens, quand un être vivant ne peut plus se projeter dans un temps sans limite, il se fige. Il n'aime pas cette idée de lui, arrêté. C'est cette idée qui rend ses gestes étroits dans l'amour et qui finit par faire fuir ses amoureuses.

Il hausse les épaules. Après tout, c'est peut-être l'âge, tout simplement. Pourquoi toujours revenir à l'Afrique.

Pourtant, la présence des femmes endormies dans la maison l'a ramené vers le rêve où il est totalement présent, accordé à un corps de femme dont la présence, vive, chaude, le bouleverse. Un rêve d'abandon heureux.

Marc n'allume pas dans la cuisine. Inutile. Il peut reconnaître maintenant à tâtons l'emplacement de chaque objet. Il aime cette sensation de familier. Pourtant quelque chose le fait sursauter. Dans l'entrée il y a quelqu'un. Quelqu'un qui hésite devant la porte puis se dirige vers lui, vers la cuisine. Il allume et Yolande pousse un cri.

"Excusez-moi, je ne voulais pas vous faire peur!"

Elle fait un geste de la main comme pour signifier que ce n'est rien. Il est surpris. Il s'attendait à voir Béatrice.

Le visage de Yolande le surprend aussi. Il ne l'a vue qu'une seule fois, le jour de leur arrivée à tous dans la maison. Il a le souvenir d'un corps vigoureux, ferme, d'un visage calme. C'est une femme presque fragile qui se trouve face à lui maintenant. Et visiblement, elle a pleuré.

Elle dit comme pour s'excuser d'être là Vous voyez, finalement moi aussi, je suis venue…

Il demande doucement, reprenant le mot qui l'avait fait sourire quelques mois auparavant En villégiature?

Elle a un geste las des épaules.

Drôle de villégiature, oui.

Puis elle ajoute J'arrive pas à dormir de toute façon… j'allais faire un tour au jardin… et puis…

je savais plus si j'avais envie de rester… alors je suis venue à la cuisine…

"Vous voulez un verre d'eau fraîche ?"

Elle fait signe que oui. Il sort un verre puis la cruche dans laquelle il glisse chaque matin des feuilles de menthe.

Elle boit et lui dit qu'avec la menthe, c'est bon.

La maison dans la nuit les retient tous les deux. Le jardin est présent, dans les feuilles de menthe, dans les fleurs que Marc a rapportées ce matin et qui embaument la cuisine. Entre eux deux, le silence. Yolande soupire, longuement, comme si elle était seule. Elle étend devant elle ses jambes. Marc ne la regarde pas. Au bout d'un moment elle dit Je vais aller marcher dans le jardin maintenant et elle ajoute Merci pour l'eau.

Il se dit qu'il va remonter dans sa chambre, la laisser à ses pensées, son chagrin dont il ignore tout. Mais parvenue à la porte, elle a ce geste inattendu. Elle se déchausse avant de sortir.

Et c'est ce geste qui fait que, sans réfléchir, il la suit.

Ils marchent tous les deux, pieds nus, dans le jardin. L'herbe est très fraîche. Il pense Au matin il y aura de la rosée. Et c'est une pensée petite, délicate, qui lui fait du bien. Oui, il y aura cette rosée qui rafraîchit chaque tige, chaque fleur, qui permet de soutenir l'attaque du soleil. Et lui, il arrosera très tôt le matin. Un geste qu'il a appris à aimer. Il dit J'ai appris plein de choses sur les fleurs depuis que je suis ici, j'aurais jamais cru que ça m'intéresserait autant.

Yolande ne répond pas mais elle tourne la tête vers lui. Et cela lui suffit.

Il distingue ses pieds qui marchent près des siens. La nuit est claire. Pourquoi n'est-il encore jamais allé pieds nus dans ce jardin. C'est comme ça qu'il faudrait toujours marcher sur l'herbe.

Yolande respire profondément, comme pour se remplir de l'air du jardin. Il pense Elle chasse son chagrin. Il se rappelle avoir eu la sensation d'un corps de guerrière quand il l'avait vue la première fois. Cette énergie, cette vigueur qu'il avait senties, il se souvient bien. Cette nuit, il la sent autre. L'image des lauriers-roses lui vient à l'esprit. Octave Lassalle lui avait indiqué que le bosquet de lauriers-roses avait pris le gel, malgré les soins de l'homme à tout faire "le gel nous a tous surpris cet hiver, c'était trop tard pour eux, il faut tout couper, ils ont été brûlés". Marc avait observé les feuilles presque marron, comme desséchées, les tiges sans couleur. Tout couper, oui, sûrement. Mais quelque chose le poussait à ne pas le faire, à observer. Peut-être avait-il besoin de voir une plante mourir.

Dans le courant des semaines qui avaient suivi, c'est du vert qu'il avait vu pointer sur les tiges. Il s'était étonné, avait continué son observation. Les lauriers redonnaient des feuilles nouvelles, d'abord au pied, puis étonnamment sur les branches aux allures mortes. Les restes brûlés par le gel, il les enlevait, délicatement, seulement quand ils se détachaient tout seuls, restaient dans sa main sans qu'il ait à arracher quoi que ce soit. Il suivait le processus de la nature, comprenait que ces restes avaient protégé les nouvelles pousses. Et les lauriers avaient fini par refleurir.

Il n'en avait pas parlé à Octave Lassalle. C'était une petite victoire personnelle, secrète. Une entente entre lui et le jardin comme il en avait passé avec les meubles, la vieille maison.

Il guide les pas de Yolande vers les lauriers et lui raconte tout cela, en marchant.

Devant le bosquet elle dit C'est bien les plantes, pour ça… La suite, ce qu'elle pense des humains, elle ne l'a pas dit mais c'est facile à deviner.

Il a eu envie de lui dire que pour les humains c'était pareil, il fallait y croire, c'est tout. Mais lui, affirmer une chose pareille, c'était un comble. Il s'est tu. Pourtant ce geste d'ôter ses chaussures pour que la plante des pieds sente la terre, l'herbe, oui ce geste-là disait tellement la force, le plaisir aussi à vivre.

Ils sont rentrés dans la grande maison. Yolande a gardé les pieds nus.

— Alors vous restez « en villégiature » ?

— Oui. Merci pour le tour de jardin… C'était bien.

Marc retrouve dans la voix de Yolande cette vibration un peu rauque qui demeure une fois qu'elle s'est tue. Ça crée une attente. Elle parle si peu.

Dans l'escalier il la précède.

Yolande regarde ses jambes, quelque chose de souple chez cet homme et de silencieux. Quelque chose qui inquiète et rassure à la fois. Puis son regard se fixe sur son dos, droit, et elle pense à un arbre.

Elle n'allume pas la lumière quand elle rentre dans sa chambre. C'est Louise qui revient. Elle avait rêvé de l'emmener, avec son argent fraîchement gagné, au bord de la mer. Elle s'était fixée sur ce rêve. Pas du genre à s'installer et bronzer sur une plage pourtant. Mais elle se voyait allongée sur le sable, dans la lumière douce et dorée qu'elle avait aimée, petite, le soir. Sa mère mettait un point d'honneur à lui payer "la colonie" comme elle disait, prononçant le mot en entier, comme si chaque syllabe était précieuse. Elle se rappelle. Elle pouvait rester longtemps à contempler cette lumière d'ouest. Il fallait toujours rentrer trop tôt. Un moniteur ou une monitrice ramenait le petit troupeau avec chansons et marche à pied jusqu'aux bâtiments dans les pins. Elle se consolait avec l'odeur de résine dans le parc. Elle avait eu envie que le bébé connaisse déjà cette beauté dans le ventre de sa mère. Comme un talisman. Elle était sûre que ça pouvait être important, allez savoir pourquoi.

Elle se voyait, près de Louise, assises toutes les deux, silencieuses, la main dans la main, jusqu'à ce que le soleil se couche. Puis peut-être si la nuit était douce, allongées à regarder les étoiles avec le bruit de la mer dans les oreilles. Un bonheur de carte postale, oui. Comme celle qu'elle envoyait de là-bas, rituellement à sa mère, pour lui dire que tout allait bien. Toute l'année ensuite, elle la voyait, sa carte, épinglée au mur de la cuisine. Elle changerait l'année suivante. Et elle, elle rêvait qu'un jour elle y retournerait, là-bas, et qu'elle y resterait, sur la plage, jusqu'à la nuit. C'est ce rêve-là qu'elle avait voulu partager avec Louise. Elle soupire.

Elle se dit qu'elle vient de partager une promenade pieds nus dans un jardin la nuit. C'est autre chose. Elle n'avait jamais rêvé cela. La vie, cette nuit, lui offre.

Elle va jusqu'au tableau à la tête de lit. Elle caresse lentement l'arbre blanc, fragile comme un nuage, puis sa main cherche la ligne de l'arbre plus haut derrière.

Yolande a encore le goût de la menthe, tenace, dans la bouche. Marc lui a montré où il la cueille chaque matin et elle en a pris une feuille, roulée dans sa main pour l'odeur, une autre pour le goût.

Elle continue à caresser, lentement, l'arbre vert.

Elle a encore la sensation de l'écorce lisse de l'arbre rêvée dans la paume de sa main quand elle entre dans la chambre de Marc. Il est à la fenêtre. Il ne se retourne pas. Yolande a appris très tôt ce qui se passe entre les hommes et les femmes. Elle sait quand le moment de ces choses-là est arrivé. Et quelque chose la pousse vers cet homme cette nuit. Elle caresse son dos. Il ne fait pas un geste. Cela ne peut être qu'elle. Quand il se retourne, elle est face à lui et parce qu'elle ne dit rien, parce qu'elle ne demande rien, parce qu'elle est là, juste là, dans cette nuit, avec lui, il peut la prendre dans ses bras.

Il oublie tout. La peau de Yolande est d'une douceur inattendue et il reconnaît ce qu'il avait ressenti d'elle, cette force vive, cette vigueur. Il s'abandonne.

Qui prend ? qui donne ?

Yolande est dans l'odeur de Marc. Elle a fermé les yeux. Elle entre dans l'odeur de cet homme comme elle entrait dans l'odeur de la résine chauffée tout le jour par le soleil. Ses mains tout son corps suivent des sentes secrètes. Elle caresse. Elle ouvre des chemins. Elle n'a plus fait cela depuis que Louise est entrée dans sa maison. Elle s'est consacrée à ce corps de femme qui allait enfanter. Sans oser le toucher. Et soudain, c'est tout un monde qui lui est redonné. Le corps de Marc la rappelle vers les hommes.

Lequel des deux a arrêté, pour un temps comme suspendu, le mouvement de leurs corps ? Ils se regardent. Les yeux grand ouverts dans la nuit. Les doigts de Marc effleurent le visage de cette femme, sa bouche. Lentement, il pénètre en elle. Dans sa tête, les images de terre après la pluie.

Il y a sous la peau des mémoires inquiètes.

Les caresses ne les chassent pas, ne les effacent pas.

Les mémoires inquiètes sont toujours présentes. Mais elles palpitent.

Dans les corps de Yolande et Marc, il y a des mondes qui s'effritent. Rien ne disparaît. Tout s'atomise. Les particules sont soulevées, envolées par la jouissance pleine. Les particules des mondes anciens tournoient, se délitent encore à chaque poussée de l'élan qui les fait s'embrasser et s'embrasser encore, par toute la peau. Il reste et restera toujours ces poussières très fines, légères, qui coloreront désormais chaque caresse, chaque toucher. Ces poussières-là, ce sera leur façon singulière d'aimer.

Dans la grande maison cette nuit, la vie retrouve ses repères. Certains dorment, d'autres rêvent les yeux grand ouverts. Des mains caressent et des mains se sont jointes, comme pour une prière.

Les souffles sont haletants ou paisibles.

Des images, sûrement, se forment à l'obscur des paupières.

C'est une nuit.

C'est cette nuit.

Octave Lassalle a écrit pour Claire. Les poèmes brefs, sans ornement aucun, sont venus sans qu'il les cherche. Les mots étaient là. Depuis si longtemps.

Puis il a recopié, chacun sur une feuille, le haïku qu'il avait trouvé pour chacun des quatre et il l'a placé sur le dessus de chaque mince paquet de feuilles qui les attend.

Il a eu la sensation qu'il pourrait mourir, là, qu'il avait fait ce qu'il avait à faire. Un repos.

Au matin, des volets s'ouvrent. D'autres restent clos. Béatrice est la première descendue. Elle a mal dormi, tourmentée par l'état d'Octave Lassalle. Elle voudrait le voir, elle, la première. Sentir à sa façon de se tenir, à son dos droit ou un peu courbé, à son regard, comment il va.

Tous les va-et-vient dans la nuit lui ont fait se poser mille questions. Elle a sombré dans des moments de sommeil, puis s'est réveillée brusquement. Un bruit de porte? Entendait-elle vraiment des voix qui parlaient dans le couloir? C'était une étrange nuit et elle avait hâte que la clarté du matin la réveille, réveille tout le monde.

Elle est sortie dans le jardin après s'être préparé un premier café. Il fait bon, encore frais. La rosée dit la fraîcheur de la nuit. Elle va jusqu'à la cabane dont la porte est restée ouverte. Il faut qu'elle voie.

Sur le seuil, elle a un temps d'arrêt. Comment pénétrer dans ce qui ne lui appartient pas, ne lui appartiendra jamais? Comment se donner le droit d'entrer dans l'histoire des autres? Est ce qu'il suffit de les aimer?

Quelque chose la retient.

Aimer cette jeune fille, morte il y a si longtemps, elle ne peut pas. Pourtant elle est pleine de curiosité pour le monde où Octave Lassalle regardait sa fille Claire, elle et aucune autre. Comme il la regardait, elle, quand elle était venue dans sa chambre ? Être la fille de.

Debout devant le petit monde de Claire enfant, elle se demande quel regard son père à elle a porté sur le bébé qu'elle a été. Elle voudrait soudain connaître les moindres détails de sa propre arrivée dans les bras de cet homme-là. Comme s'il y avait eu pour elle, là, une clef pour toute sa vie avec les hommes. Elle voudrait courir, réveiller ses parents, leur poser toutes ses questions. Toutes les questions qu'elle n'a jamais osé poser à leurs visages toujours empreints d'une tristesse diffuse, lointaine. C'est elle qu'ils mettaient loin, s'en rendaient-ils compte ? C'est elle qui s'éloignait.

Est-ce qu'on peut refaire le chemin ? Tant qu'on est vivants. Ensemble ?

Elle entre dans la petite maison et une tristesse ancienne la saisit devant les meubles d'cnfant, les jouets, bien rangés. Un monde silencieux. Fini. Elle réalise en même temps qu'il n'y a aucun souvenir de son frère mort dans la maison de ses parents. Est-ce pour lui laisser la place, à elle, que ses parents n'ont laissé aucun souvenir, nulle part dans la maison ?

Quand le matin arrive, Yolande dit tout bas Le soleil du matin, c'est vrai…

Marc ne l'a pas entendue. Il s'est endormi sans pensée, dans la bonne fatigue de l'étreinte. Yolande le regarde. Elle sourit. Maintenant elle peut revoir Louise. Maintenant elle sait qu'elle ne peut plus lui en vouloir d'avoir voulu, elle aussi, à nouveau, tout cela. Cette nuit, elle s'est encore approchée d'elle, plus près, par le corps de cet homme.

L'empreinte du corps de Marc contre elle est encore vive. Là où la peau, à l'intérieur des cuisses, est si fine, si vibrante, elle sent encore son poids, la force de ses cuisses écartant les siennes et elle passe sa main, doucement, là, pour aviver. Puis elle laisse sa main poursuivre la caresse sur le corps de Marc. Il bouge lentement. Elle continue. Le voir s'éveiller, c'est son plaisir, ce matin.

Est-ce parce que la maison, le vieil homme les avaient déjà tous réunis ? Il n'y pas de place pour l'inquiétude. Il cherche de la main son corps à elle. Elle embrasse son dos. Il se retourne, elle continue à embrasser, ne choisit pas où ses lèvres se posent. Les mains de Marc sont dans ses cheveux. Elle se sent aussi frêle que l'arbre blanc, si fin dans le tableau. Elle ne lutte pas et c'est bon. Elle se sent libre.

Octave Lassalle a été réveillé par le bruissement de la maison. Des pas furtifs, des voix qui chuchotent. Il ne sait plus bien si c'est dans son rêve ou dans la réalité.

Il a besoin d'un temps pour se remémorer la soirée, la nuit. Autour de lui, sur le lit, les quatre minces paquets de feuilles et à côté de lui, tout près, à la tête du lit, son cahier ouvert. Le stylo a dû rouler par terre, il demandera à Marc ou Béatrice.

Il se sent comme après une grande marche, lui qui ne marche plus qu'à pas comptés dans le jardin. La fatigue de la nuit enveloppe encore ses membres comme une gangue cotonneuse. Ses douleurs habituelles du matin en sont comme engourdies. Mais la tête est légère.

Il a envie de café. C'est l'odeur du café qui l'a réveillé. Les voix, les pas, il les entend maintenant clairement. Ils sont tous là.

Je sais qu'en leur donnant à chacun une partie de ton journal, je vais les lier. Pas à moi, Claire. Entre eux. Ils sauront que chacun d'eux possède le reste, ce qui rend lisible la part qu'ils ont entre les mains ; est-ce que ce n'est pas comme ça que ça se passe dans les familles ? est-ce que chacun ne possède pas une part de cette étrange entité que je n'ai pas su créer ?

Je suis seul à décider. Je peux encore tout déchirer. Ou tout lire. Sans sauter un seul mot.

Savoir.

Savoir. Est-ce que c'est ce que je voulais ? que j'ai toujours voulu ?

Non. Quand j'opérais je ne cherchais pas à savoir. Je voulais juste guérir. Et quand on sait certaines choses, on ne guérit plus.

Je ne guérirai jamais de ce que j'ai appris dans le peu que j'ai lu, Claire. Anna peut être rassurée, je partage son effroi. Mais aller plus loin, je ne peux pas. Elle, elle a pu. Et elle a continué à vivre. Moi, je ne pourrai pas. Ta mère a été plus forte que la mort. Moi pas. Ta mort a limité mon corps. Je me tiens à ça : mes limites. Je n'ai pas l'immense espoir de l'au-delà, moi. Je sais juste que ta mémoire tient aux limites de mon corps. Ma mémoire te ravive. Après moi, la mémoire de ces quatre que tu ne connais pas continuera. Peut-être.

Quand la pluie s'est-elle mise à tomber ? Aucun de ceux qui ce matin-là peuplent la grande maison ne s'en est rendu compte. C'est une pluie d'été, très douce. Elle enveloppe les arbres du jardin d'un brouillard fin. On les distingue encore mais les couleurs, les formes, sont voilées.

Le grand salon est empreint d'une lumière ouatée. Un gris très clair.

Marc sent la pluie comme s'il était un arbre. Un soupir d'aise. La fraîcheur.

Yolande a repris la distance des corps. Il aimerait qu'elle vienne plus près de lui. Il regarde le jardin. Il la sent, derrière, attentive elle aussi à la pluie. Elle ne le fuit pas mais plus près de lui, elle pourrait le toucher sans le décider et elle s'en garde. Elle revoit son dos nu et le désir, à nouveau, est là. Elle ne s'en étonne pas. C'est comme la pluie, elle n'a pas saisi le moment où ça a commencé. Mais c'est là, en elle, ce désir qui s'est imposé et qu'elle a accueilli, simplement, comme tout. Elle a la sensation que la pluie continue la nuit sous sa peau.

Hélène Avèle s'est approchée. Tout à l'heure, à la cuisine, elle n'a pas caché son étonnement de la voir et Yolande a simplement dit Moi aussi cette nuit j'ai eu besoin d'un autre couchage.

Le mot "couchage" reste dans la tête d'Hélène. Elle pense à la peinture qu'on couche sur la toile. Elle revoit Jean, couché sur son lit, dans sa chambre. Comme elle a aimé le voir là, chez elle. Elle sent en même temps à quel point cette première nuit solitaire l'a éloignée de lui. Elle a voulu cela. Pourquoi ? Alors qu'elle en est sûre, s'il était là, elle aurait envie à nouveau d'être dans ses bras.

Depuis toujours elle a eu besoin de comprendre.

Elle se dit J'ai peut-être plus besoin d'un ami que d'un amant. Pourtant le corps de Jean quand il est tout près, je le désire. Et j'aime le désirer. Mais alourdir ce désir de toute une histoire, non. On dit je t'aime et puis on est pris par les mots, on échafaude. Aucune envie de construire quoi que ce soit. Juste m'aventurer.

Les mots de l'amour il faudrait se contenter de les dire au-dessus de l'eau qui coule, dans le vent au bord de la mer. Qu'ils soient portés loin. L'amour on ne devrait jamais l'enfermer, ni dans les bouches, ni dans les cœurs. C'est trop vaste.

Yolande regarde Hélène perdue dans ses pensées, Hélène qui va ouvrir la porte, qui se tient sur le seuil.

Sur le seuil de la maison, sentir juste la pluie.

Quand Octave Lassalle descend, il embrasse la pièce d'un seul regard et les découvre : Marc à la fenêtre, Yolande debout presque au centre de la pièce, et Hélène sur le seuil. Tous les trois aimantés par la pluie. Il pense que cela ferait sûrement un beau haïku. Il l'écrira, un jour.

Il a pris le temps de se préparer, avec soin.

Pas de canne.

À la main, les quatre minces paquets de feuilles.

Il va à son bureau, les pose un par un sur la table en bois.

Voici donc le premier matin où ils sont réunis. Est-ce que les petits miracles existent?

Marc apporte la cafetière, les tasses.

Ils se regroupent.

Où est Béatrice?

Hélène propose d'aller la chercher. Elle redescend vite, lançant de l'escalier Il n'y a personne là-haut mais son sac et toutes ses affaires sont là. Octave regarde la pluie qui continue à tomber régulièrement, doucement, comme si elle ne devait jamais

s'arrêter. Il sait qu'il a laissé ouverte la porte de la cabane en bois du jardin.
Elle nous rejoindra.

Pas un ne parle.
Les paroles de ce matin-là sont secrètes.

Marc j'aime bien me dire Marc… ça te va bien… on s'est pas appelés par nos prénoms… on s'est pas appelés du tout… j'ai envie de te toucher. Pas qu'avec mes mains. Avec tout mon corps. J'ai envie de te sentir contre moi. Je veux que ça recommence. Comme hier. Comment tout ça s'est fait ? Je me rappelle plus comment j'ai osé…

Le portrait, qu'en a-t-il fait ? J'aimerais revoir le portrait ce matin. Savoir si à nouveau mon regard et celui de Claire se croisent et se rejoignent… j'ai besoin de savoir. Ces feuilles qu'il a déposées sur son bureau, qu'est-ce que c'est ?

L'odeur du café chaud et leurs présences, si proches. Je pourrais fermer les yeux et me laisser aller. Avec eux trois autour de moi, il y a une telle paix… Mais ils attendent. C'est bien qu'il pleuve… on va boire tranquillement notre café ensemble… on va attendre ma petite Béatrice… ensemble…

Béatrice dort. La tête sur son coude replié. Le sommeil l'a emportée d'un coup comme quand elle était petite.
Elle était entrée dans la cabane. La lumière du matin ne l'éclairait pas encore bien. Elle distinguait des formes, n'osait rien toucher. Elle avait

essayé de s'asseoir dans un des petits fauteuils. À l'étroit, elle y tenait. Ses yeux s'accoutumaient au lieu. Elle commençait à percevoir des choses distinctes. La pénombre laissait deviner des couleurs mais rien n'était sûr. C'était une étrange impression. Par la porte ouverte elle entendait les bruits furtifs du matin. Elle était restée longtemps ainsi, comme enchâssée dans ce fauteuil d'enfant.

Elle avait imaginé Octave Lassalle, si grand, au milieu de ce décor en miniature. Des images de l'après-midi lui étaient revenues. Le ciel au-dessus d'elle, et les toits de la ville, loin, une ville en miniature aussi. Toute une ville réduite à la taille d'une petite fille. Comme Alice dans son histoire, elle se demandait si elle allait elle aussi rapetisser.

Il fallait qu'elle se redresse. Vite. Qu'elle s'extirpe du fauteuil d'enfant.

Pourtant c'est dans la cabane qu'il fallait réfléchir. Elle s'était finalement allongée sur le sol et entourée des pierres trouvées dans un panier. Les pierres autour d'elle marquaient un territoire, la protégeaient. De quoi ?

C'est le bruit insistant qui l'a réveillée. La pluie tombe droit devant la maison. Elle ne sait plus bien où elle est, imagine un instant la fenêtre ouverte de sa chambre. Mais non. Elle se lève, découvre le lieu dans la pleine clarté. Tout lui revient. Aucune idée de l'heure. La pluie noie tous les repères dehors.

C'est comme un bateau… je suis au creux des vagues… plus de capitaine… plus personne… Je suis dans le ventre d'une histoire et ce n'est pas la mienne. Ce n'est pas moi qui guide… je pourrais me rendormir et me réveiller… regarder par la fenêtre, et ce serait un nouveau paysage… tant que je suis ici, il ne peut rien m'arriver… parce que je n'existe pas en vrai…

Elle se lève, ramasse les pierres lentement, les redépose dans le panier. Une par une. Elle défait le territoire du sommeil.

Puis elle ose effleurer les objets dans la cabane. Il lui est donné, ici, d'accomplir ce qu'elle n'a jamais pu accomplir dans la maison de ses parents.

Maintenant ce sont mes empreintes sur les objets. À la place de celles de Claire, ou en plus. Mais elles existent, mes empreintes. Mes traces à moi. J'existe moi aussi. Et même si je viens après, j'existe. Octave a laissé la porte ouverte. Quand on laisse une porte ouverte, on donne le droit. J'ai dormi ici et je ne suis pas morte, moi. Je suis bien vivante. Je peux retourner sur le mont et regarder à nouveau la ville, je peux croiser les gens dans la rue, je peux embrasser un garçon et faire l'amour. Je suis vivante et j'ai le droit.

À l'intérieur de Béatrice une chaleur qui irradie chaque fibre de son être.

Dans la grande maison ils l'attendent. Elle, elle a soulevé un petit fauteuil et le regarde gravement puis elle le prend contre elle et le repose ailleurs. Elle attrape, à la volée, une pierre, un panier, et elle repose les choses au hasard. Que plus rien ne soit à la même place. Sous ses doigts la petite maison vibre. Rien ne sera plus pareil. La vie qu'elle sent en elle lui donne l'audace de déranger. Et elle, elle se donne le droit encore et encore.

Quand la petite cabane est devenue autre, elle s'élance sous la pluie. Elle fait un bouquet pour la cabane, des fleurs rouges, orange, jaunes. Elle remplit au robinet du jardin un vieux vase où peut-être une petite fille il y longtemps remplissait de l'eau aussi pour des bouquets, et elle installe les fleurs, une à une. Elle laisse en la quittant la porte de la petite maison ouverte, regarde son bouquet au beau milieu. Dans son cœur elle remercie. Tout. La pluie le soleil qui ont fait pousser les fleurs, Octave qui a laissé la porte ouverte, Claire qui, elle en est sûre, aurait été heureuse de ce bouquet. Elle a gardé une brassée pour la grande maison.

Quand elle entre, Marc la regarde Elle est trempée mais quel sourire ! Il revoit le visage de la jeune fille du film.

Il se tourne vers Yolande, a besoin de rencontrer son regard. Il y a une telle promesse dans tout ce qui émane de Béatrice que cela fait vibrer tout ce qui vit.

Hélène se lève Mais vous êtes trempée. La jeune fille rit Ce n'est rien, une pluie d'été, je vais me sécher et j'arrive. Elle met dans les bras d'Hélène le bouquet et Hélène se retrouve, les fleurs éclatantes, humides, sous les yeux. La pensée de Jean la traverse à nouveau. Il lui a apporté des fleurs, souvent. Et elle a aimé ça. Elle va à la cuisine chercher un vase, cacher l'émotion qui la saisit d'un coup. La fatigue la rend si vulnérable.

Octave Lassalle n'a rien raté des échanges silencieux qui ont traversé la pièce. Il se dirige lentement vers son bureau. Il revient, les quatre minces paquets de feuilles à la main.

C'est maintenant. C'est bien. Aide-moi Claire. Aide-moi.

Il parle dès que Béatrice est redescendue et qu'elle a pris place, une tasse de café bien chaud posée en face d'elle par Yolande.

Le bouquet aux couleurs si chaudes est au centre.

Octave Lassalle raconte, en phrases brèves, sa découverte du journal. Il parle sans élever la voix et c'est toute une histoire qui défile dans la pièce.

Chacun des quatre écoute. Ils imaginent. Les mots les entraînent, résonnent dans leur propre histoire.

La pluie a cessé mais personne ne l'a remarqué. Ils sont dans un autre temps. La grande maison les entoure et les retient dans les mots du vieil homme. Pourtant c'est dans sa propre vie que chacun chemine. L'histoire d'un seul ouvre l'histoire des autres.

Marc pense à tout ce qu'il a appris depuis qu'il est entré dans cette maison, qu'il a la charge du jardin. Il sait par exemple que le chèvrefeuille, pour se reproduire, a besoin d'une variété de papillons de nuit. Le chèvrefeuille émet le parfum de la femelle de ce papillon pour l'attirer. Parce qu'il faut que la vie continue. Et ça a lieu. C'est pour cela que le chèvrefeuille embaume quand la nuit approche. La nature a des habiletés étonnantes. Il pense qu'Octave Lassalle aussi. Il le regarde et voit les épaules lasses mais le dos droit, qui tient la vie vertèbre par vertèbre. Sans ce vieil homme il n'aurait jamais vécu la nuit qu'il vient de passer. Une nuit forte. Simple. Une vraie nuit de vie. Son corps réclame celui de Yolande. Encore.

Est-ce qu'un jour je lui raconterai l'Afrique, tout, comme lui ose le faire ? est-ce que j'arriverai à dire les mots ? l'horreur, le chaos ? je voudrais qu'elle n'ait pas peur des mots dans ma bouche. Je voudrais qu'elle enterre avec moi le corps de cette femme, là-bas. On ne peut pas retourner ni le temps ni la terre. Mais elle, je suis sûr qu'elle peut me redonner la vraie nuit.

Celle qui a une fin et un commencement. Celle qui fait qu'on attend le jour.

Il tend la main quand Octave Lassalle se tourne vers lui pour donner le premier paquet.

Je leur donne par ordre d'entrée dans la maison chaque jour. Marc aura le début et Béatrice la fin. C'est bien, un ordre.

Chacun d'eux a pris ce que le vieil homme a donné.

Ils se sont levés juste après. Chacun avec son lot de mots.

Hélène Avèle a décidé de partir dès le lendemain. Ne pas attendre. Cela ne ferait que rendre tout avec Jean encore plus difficile. Elle a enveloppé les feuilles dans une vieille écharpe qui appartenait à sa grand-mère. Un trésor qui lui fait peur. Que va-t-elle découvrir dans ces lignes qu'Octave n'a pas lues ?

Elle n'a donné aucun signe à Jean.

Le revoir et elle aurait pu tergiverser, reculer son départ, passer une nuit avec lui, puis une autre.

Il faut qu'elle parte. Maintenant. C'est le bon moment pour oser se trouver face à la mère de celle dont elle a rencontré le regard, une nuit. Celle par qui elle est entrée dans ce qui n'a ni espace ni temps. La jeune fille incandescente qui, sans le savoir, dans le miracle de la rencontre sans le corps, lui dit où est son seul son vrai foyer : dans l'acte de peindre. Que cette voie singulière c'est la sienne. Même si pour cela elle doit s'éloigner de ce qu'on appelle une "histoire d'amour".

Elle ne se détournera pas. Et l'histoire avec Jean prendra la place qu'elle peut prendre. Elle ignore laquelle.

Elle a pris l'avion dans une sorte d'hébétude. Surtout ne pas penser.

Maintenant elle marche dans les rues de Montréal, malgré la fatigue du voyage, du décalage horaire. Elle marche à s'en abrutir de fatigue, traverse des quartiers, ne cherche pas la rue Clark, la maison verte. Pas encore.

Sa seule façon de reprendre force, seule, épuisée, dans les rues, c'est de dessiner, à la volée, les lignes qui tiennent une maison ou une autre.

Pour Octave Lassalle, le temps de l'attente a commencé dans la grande maison. Marc a apporté le film qui l'a marqué. Le fait que le réalisateur soit aussi du Québec, c'est un lien. Le vieil homme l'a remercié mais ne lui demande pas de l'installer pour le regarder. Il reste avec ses livres. Il écrit. Il attend.

Marc reste plus longtemps chaque jour dans la maison. Mais c'est sur sa petite terrasse, un matin, très tôt, qu'il s'est mis à lire le journal de Claire. L'impudeur de la jeune fille l'a d'abord arrêté. Sa façon de se mettre à nu, de ligne en ligne, l'a si fort troublé qu'il a reposé les feuilles sur la petite table face à lui. Et puis ce geste qu'il n'a plus eu depuis longtemps, celui de chercher l'alvéole dans le marbre de la table, il l'a fait, comme pour retrouver un repère. Il s'est dit que c'était idiot. Cette fille était morte depuis longtemps. Il ne la rencontrerait jamais. Mais pourquoi ce sentiment de honte alors à lire ? Il se rend compte que c'est par rapport à Octave Lassalle. Le père. Pourtant c'est bien lui qui leur a mis entre les mains ces feuillets.

Il reprend sa lecture.

Il entre mot par mot dans l'ardeur d'une jeune fille qui n'a encore jamais fait l'amour mais qui désire et avec quelle force ! Elle désire dans le vide. Elle n'a encore pas rencontré l'amour qu'elle attend. C'est une sorte de force vive qui crève la terre. Une force païenne. Il pense à Yolande, à ce corps plein d'une patiente ardeur qui le comble. Ils ont refait l'amour. Le désir entre eux est tellement manifeste que c'est simple. Ils se retrouvent dans la grande maison, à la nuit. La chambre là-bas est devenue une chambre d'amour. Yolande part très tôt. Elle ne veut pas croiser Octave Lassalle. Lui revient chez lui chaque après-midi.

Marc se ressert du café. Il laisse son regard s'échapper sur les toits de la ville. Comment aucun homme n'a-t-il pu répondre au désir passionné de cette fille ? Dans cette ville ?

Il retourne à la lecture. Il sait que les mots attisent son propre désir. Il continue à lire. Quand il retourne à la grande maison, le soir, pour retrouver Yolande, il a peur que les mots de la fille se lisent sur sa peau.

Yolande, elle, n'a pas lu. Elle n'ose pas. Quelque chose la retient. Comme si ces mots écrits par une enfant morte pouvaient arrêter son bonheur avec Marc. C'est si fort, de retrouver cet homme-là, contre elle, chaque nuit. Elle ne peut plus s'en passer. Ça fait peur.

Elle a raconté à Louise qui s'était inquiétée de ne pas la trouver en rentrant. Mais quand la jeune femme a voulu s'emparer des feuilles pour lire, elle a dit Non. Et c'était catégorique. Non.

Mais puisque toi, tu veux pas les lire ? Qu'est-ce que ça peut te faire ?

Ça me fait que c'est non, et puis c'est tout.

Elle avait retrouvé le ton de sa propre mère pour défendre. Louise avait haussé les épaules T'en fais des histoires, avec ça ! mais elle n'avait pas insisté.

Quand Yolande part pour la grande maison, elle emporte sa part du journal avec elle. Il ne la quitte pas. Même lorsqu'elle travaille au supermarché, il est dans son sac. Elle craint les doigts fins de Louise et sa ténacité. Et puis elle se sent responsable. De quoi ? elle ne sait pas. Ah c'est un drôle de cadeau qu'il leur a fait, le vieil homme.

Il en a conscience. Parfois il s'en veut d'avoir alourdi leurs vies. Mais quoi. Il ne pouvait pas faire autrement. Quelle autre solution ? Renvoyer le journal à Anna ? Non.

Il pense à Hélène.

Elle a accepté d'aller jusque-là. Je sais bien qu'elle était en pleine histoire d'amour avec cet homme si patient. Trop patient. Voilà. J'ai l'impression d'être le diable dans leur histoire. Le diable qui dit à dieu que Job son serviteur si zélé ne résisterait pas aux malheurs s'il en vivait. Être patient quand tout va bien et qu'on est comblé, c'est facile. Job est soumis à toutes sortes de malheurs puisque dieu a accepté ce défi lancé par Satan. Et il demeure dans sa foi. Ah c'est beau, oui ! mais dans la vie, la vraie vie des hommes et des femmes, qu'est-ce qui résiste aux malheurs ? je croyais en l'amour d'Anna. Je ne me posais même pas la question. Anna, animée par cette foi que rien n'ébranlait. Et il a suffi que moi je sois faible, devant ma fille mourante, pour qu'elle me haïsse… au point de me laisser cette mise en scène dans la cabane… et le journal de ma petite

Claire égarée ! Elle n'aimait pas la chasse, Anna. Pourtant qui a traqué son gibier avec patience ? Qui a su tendre le piège ? Oh comme tout est en éveil depuis. Ravivé. Et de quel droit, moi, j'interviens dans l'existence d'Hélène Avèle, une femme que je ne connaissais pas il y a quelques mois, qui ne me connaissait pas… et toute la vie aurait pu continuer sans que nous nous rencontrions… j'ai peur d'être devenu leur Satan à tous les quatre…

Béatrice a le dernier paquet de feuilles en main. Ce que Claire écrivait juste avant l'accident. Elle a décidé d'en avoir le cœur net. Elle va lire.

Elle n'a plus la tête à ses cours de toute façon. Elle grimpe à nouveau, un matin, très tôt, en quittant la grande maison, jusque sur le mont. Elle a besoin de se retrouver là-haut, seule.

En marchant, elle se sent investie d'un étrange pouvoir. En même temps, elle ne sait pourquoi, elle est inquiète. Elle s'arrête, regarde la ville derrière elle. Si elle connaissait les textes bibliques, elle saurait qu'elle fait ce qu'a fait la femme de Loth : elle se retourne et contemple la ville de son enfance. Pourquoi ce resserrement en elle ? Le souffle étroit, elle contemple.

Et elle a la brusque envie de jeter les feuilles, tout de suite. Ne pas savoir. Cette histoire n'est pas la sienne.

Béatrice reste longtemps. À mi-chemin.

Quand elle se remet en route, elle pense à son frère mort. Elle regarde les fleurs qui poussent à foison, se dit qu'elle pourrait rapporter des brassées de fleurs. Encore. Elle se met à cueillir, délicatement, en prenant soin de ne pas en prendre trop au même endroit. Un bouquet réfléchi. Toute son attention concentrée sur les couleurs, les parfums. Elle se dit que c'est son œuvre du jour et que, si chaque jour, elle arrivait à faire une chose, une seule, qui soit belle, elle serait sauvée. De tout. Elle pense à sa mère toujours vêtue avec une élégance éteinte. Elle se demande dans quelle couleur elle aimerait la voir habillée. Elle regarde ses fleurs. Dans le bouquet est-ce qu'il y a une couleur pour sa mère ?

Dans la grande maison les liens invisibles entre ceux qui restent sont rendus plus forts par l'absence d'Hélène.

Octave Lassalle se surprend à l'imaginer, seule, découvrant les rues de Montréal. Il n'arrive pas à aller jusqu'à la maison verte de la rue Clark. Jusqu'à Anna. Et si Hélène renonçait ?

Les trois essaient bien de lui rendre l'attente supportable, il le voit. Marc parle de ce qu'il faudrait élaguer à l'automne. Il l'écoute. Élaguer, oui. Il soupire et s'appuie sur sa canne pour le suivre dans le jardin. Il faut bien marcher, accepter de se distraire de l'attente.

Hélène Avèle, elle, s'épuise à marcher, du Saint-Laurent au Mont-Royal. Elle arpente, fait des kilomètres, croise les gens, ne les regarde pas. La grande maison lui manque. Elle repense à Octave quand il lui a serré la main avant son départ. Il la regardait dans les yeux et elle sentait son émotion si fort. L'un comme l'autre, ils ont évité les paroles. Juste un "au revoir" qui disait Quand je rentrerai, ce sera fait, les choses seront en ordre. Maintenant elle mesure.

Dans l'avion, elle a gardé avec elle le portrait, empaqueté avec soin. Dans son sac, elle a glissé le journal de Claire. Elle le lira quand elle aura vu Anna, pas avant. Mais elle a découvert le haïku qu'Octave a choisi pour elle.

Elle se l'est répété. Elle le connaît par cœur maintenant.

Premier lever de soleil
il y a un nuage
comme un nuage dans un tableau.

Octave lui a dit Je ne suis plus sûr que ce haïku vous convienne. Peut-être, à votre retour, en aurai-je trouvé un autre pour vous.

Le vieil homme les suit, chacun, avec une telle acuité, depuis tous ces jours. Elle s'appuie à la balustrade d'un point de vue qui lui montre toute la ville, en bas, et le Saint-Laurent qui coule, pourtant on a tellement l'impression que l'eau est immobile. Il suffirait de s'approcher pour voir le mouvement de l'eau. Elle pense à sa vie, mesure bien qu'en partant, elle a continué à suivre un courant souterrain invisible en surface. Elle serre contre elle le portrait.

Quand elle arrive enfin devant la maison verte de la rue Clark, c'est la fin de l'après-midi. Elle se demande s'il fera encore jour quand elle en sortira. Elle a à peine le temps de jeter un œil aux fleurs abondantes, aux livres posés sur la vieille table en fer du jardin d'accueil. Une jeune fille aux cheveux longs, nattés serré, la mène directement dans une vaste pièce éclairée par la lumière d'ouest. Un grand bow-window ouvre sur le jardin, luxuriant. C'est la voix de la vieille dame qui lui fait tourner les yeux vers le fauteuil où elle est assise.

En découvrant Anna, Hélène se rend compte qu'elle n'avait pu l'imaginer que comme une sorte de double en féminin du vieil homme. Grande, droite.

C'est une petite femme ronde qui lui tend la main. Elle ne sourit pas. Pourtant tout son corps dit une jovialité heureuse. C'est cela qui stupéfie Hélène. Quelque chose de joyeux émane de ce lieu et de cette femme.

Il n'y aura aucun faux-fuyant. Pas de bavardage. Les paroles qu'Hélène et Anna échangeront iront directement au cœur des choses. Tout de suite. Comme s'il n'y avait de temps pour rien d'autre. Anna signifie très vite qu'elle avait accepté la rencontre, à la demande du notaire d'Octave Lassalle. Hélène raconte son travail, l'étrange mission qui lui a été confiée. Elle ne parle pas des trois autres, de la vie dans la grande maison. Comme s'il fallait préserver Octave.

Anna écoute. Quand elle se lève pour proposer un thé, Hélène est surprise de la voir bouger, avec tant d'aisance. Octave n'a jamais mentionné leur différence d'âge mais elle est flagrante. Elle doit avoir soixante-quinze ans, tout au plus. Et visiblement elle a gardé des habitudes actives. Ses rondeurs la rajeunissent encore, le visage est lisse, les pommettes hautes, et les cheveux blancs, retenus par un bandeau de la couleur de ses yeux, adoucissent encore les traits. Comment une telle femme a-t-elle pu haïr ?

Hélène a posé sur la table basse le sac contenant le portrait.

Octave Lassalle ne quitte presque plus son petit bureau. Il attend. Toute la maison attend.

Marc, l'après-midi, a pris le relais d'Hélène Avèle pour la lecture des journaux et Octave découvre qu'il lit bien. Il le lui a dit Décidément vous avez des talents cachés, vous ! Marc a souri. Il faisait la lecture à voix haute à cette vieille tante qui l'avait recueilli quand il était petit. Il répond Des talents de reste, oui… Il se rend compte qu'il ne s'intéressait plus depuis longtemps à la marche du monde. Et le voilà replongé dans le grand maelström mais étonnamment, le fait de lire à voix haute, de lire pour quelqu'un d'autre crée un filtre qui lui permet de retourner en pensée là où il n'allait plus, dans les guerres et les soubresauts du monde.

Quand Yolande arrive pour prendre son service, si Marc est encore là, elle file vite vers ses tâches diverses. Le trouble que lui cause la présence physique de Marc, elle craint tant que cela apparaisse sur son visage, dans ses gestes. Ils se retrouvent presque toutes les nuits. C'est une découverte qui dure, un bien-être inespéré qui leur est échu. L'un comme l'autre le préserve de toute la force que donnent les nuits solitaires.

Yolande retourne chez elle après son service. Avec Louise, depuis la nuit où elle est partie, les choses ont changé. En apparence tout est pareil mais Yolande sait que tôt ou tard, la petite va lui annoncer qu'elle part vraiment. Et en elle, déjà, se creuse une place pour l'absence. Ce qu'elle vit avec Marc ne comblera rien.

C'est pour subvenir aux besoins de Louise qu'elle avait répondu à l'annonce. Bientôt Louise n'aura plus besoin d'elle pour cela. Elle a en vue un stage dans une coopérative bio. Si elle fait l'affaire, ça lui fera un vrai emploi à la clef. Elle parle maintenant à Yolande de l'origine des produits vendus au supermarché, décrie les longs et coûteux trajets qui apportent les fruits qui ne sont pas de saison jusque dans les assiettes, ici. Elle veut manger local. Yolande l'écoute avec un sourire. Si elle savait comme elle n'a aucun temps pour s'occuper de tout ça quand elle travaille au supermarché ! mais elle est heureuse de voir que la petite se passionne pour quelque chose.

Après le dîner, d'un commun accord, aucune ne dit à l'autre si elle dormira à l'appartement ou pas. Elles se retrouvent pour le petit-déjeuner et Louise bénit le ciel d'avoir encore droit à tout ça.

Un soir, Octave a fini par accepter de regarder le film que Marc lui avait apporté. Ils sont assis tous les deux au salon. Béatrice Benoît est arrivée et elle s'assoit avec eux.

Le film les embarque tous les trois. Marc regrette que Yolande ne soit pas là, près de lui. Il aimerait sentir son corps tout près du sien, poser sa main sur sa cuisse. Il a envie des gestes que se permettent ceux qui partagent l'intimité, ces gestes tendres qui échappent parfois et qui disent le lien des corps. Il les remarque partout, dans les cafés, dans la rue, parfois même à l'intérieur des voitures quand avec la moto, il longe les voitures dans un embouteillage. À chaque fois il ressent la douceur, comme si c'était la main de Yolande qui se posait sur lui. Les cadeaux de la nuit persistent ainsi tout le jour.

Il se demande si Octave Lassalle, si Béatrice Benoît ont vu ce qui se passait entre Yolande et lui. Et puis il se dit que cela n'a aucune importance. S'ils l'ont vu, ils n'y font aucune allusion et c'est tout ce qu'il souhaite. Il n'imagine pas pouvoir parler de ce lien avec qui que ce soit.

Dans son champ de vision il y a Béatrice et il remarque que la jeune fille observe Octave Lassalle.

Elle demande sans élever la voix si on pourrait faire une pause. Marc se tourne vers le vieil homme. Il fait signe que oui. Et à brûle-pourpoint il leur demande

"Avez-vous lu le journal de ma fille ?"

Il y a un silence et comme pour clore le vieil homme ajoute

"À vous deux vous avez le début et la fin."

Marc dit Je l'ai lu. Octave ne le regarde pas quand il murmure Moi je n'ai pas pu. Les premières pages… et je me suis arrêté.

Béatrice est debout. Elle s'est figée. Même son regard est fixe. Le vieil homme soupire Je ne sais pas pourquoi je vous demande ça…

Elle dit Je l'ai lu aussi et sans attendre, tourne le dos et file à la cuisine. Le vieil homme la suit des yeux. Il répète Je ne sais pas pourquoi je vous demande ça… puis il se tait.

Béatrice rapporte de la cuisine l'eau que Marc prépare tous les matins, avec les feuilles de menthe. Mais Octave Lassalle lance Je crois que je préférerais quelque chose de fort. J'ai un excellent cognac dans le bar. Vous m'accompagnez ?

Marc est étonné du Oui immédiat de Béatrice.

Ils ont regardé la suite du film en buvant leur cognac, sans un mot. Mais l'alcool les réunissait. Ils goûtaient la même saveur puissante. La même chaleur parfumée coulait dans leur corps pendant qu'ils suivaient les mêmes images venues de ce Canada lointain où était enterrée Claire, où Hélène Avèle avait rencontré, ce même jour, Anna.

Cette nuit-là, quand Yolande a rejoint Marc il lui a raconté leur soirée et il a posé la question d'Octave Lassalle

— Tu as lu, toi ?

— Non. J'arrive pas. Je sais pas pourquoi.

— Parce que ce serait comme entrer chez quelqu'un d'autre ?

Yolande reste silencieuse un long temps. Il voit son corps nu allongé, sa tête repose sur son coude replié. Ils se regardent dans la nuit. Lui aussi est nu et cette confiance des corps ensemble rend les mots plus faciles.

"Non… c'est pas ça. Parce que ça, je l'ai déjà fait ici."

Elle lui parle des rangements, des tissus, de la statuette qu'elle aime tenir dans ses mains…

"Tu vois tout ça, c'est déjà rentrer dans la vie de quelqu'un d'autre. Ça peut se faire avec les objets… non, c'est comme s'il fallait que je bouge rien avant que le bébé naisse. Comment dire? tout ce qui se passe ici, chez moi aussi, avec Louise, avec toi, ça tient je sais pas comment… mais pour le moment ça tient. Il faut que ça continue au moins jusqu'au bébé. C'est ce que je me dis. Alors j'essaie de même pas penser à ce qu'on vit, je le vis, c'est tout… faut rien bouger. C'est bien comme ça. Si je lis, ça va bouger, je suis sûre… tu vois?"

Il ne répond pas. Il laisse sa main aller et venir sur la hanche de Yolande, lentement, puis il pose sa bouche sur son sein. Elle écarte une mèche de ses cheveux et avec lenteur elle l'attire contre elle. C'est en elle qu'il trouve l'intime qu'il cherche en lui et quand il sent qu'au plus profond d'elle, elle s'ouvre et se donne, il a la sensation que le monde entier s'ouvre et que c'est lui qui crée sa place dans ce monde.

Cette nuit-là ils se murmurent qu'ils s'aiment.

À Montréal, Hélène s'apprête à sa deuxième visite rue Clark.

Le soir du premier rendez-vous, Anna lui avait dit Je vous appellerai. Hélène s'était sentie désemparée en laissant le portrait, toujours empaqueté, sur la petite table.

Elle avait attendu le coup de fil d'Anna avec anxiété, continuant à marcher dans la ville, s'efforçant de guetter les belles façades anciennes enfouies parfois entre les immeubles modernes. Mais son esprit ne cessait d'aller du jardin d'Anna à celui de la grande maison. Elle ne voulait pas appeler Octave tant qu'elle ne savait rien et elle se rendait compte que les nouvelles de là-bas lui manquaient.

Anna s'était manifestée le surlendemain.

Quand elle se retrouve devant la porte de la maison verte de la rue Clark, elle a le cœur qui bat fort. C'est Anna qui lui ouvre.

J'ai demandé à ma petite Lise d'aller faire un tour. Je voulais être seule avec vous.

Hélène écoute. Elle sent à nouveau le poids de la parole, comme avec Octave Lassalle.

Anna prend son temps. Elle a apporté le plateau avec le thé. Elle est restée debout, devant le bow-window. Hélène la regarde, de dos. Et soudain elle sent dans ce corps aux rondeurs fermes toute la fragilité. Si elle devait la dessiner, elle tracerait la colonne et il faudrait parvenir à dessiner une colonne de verre. Elle sent la transparence fragile, qu'un rien peut casser. C'est dans la voix et la voix c'est le corps. Hélène est tout entière à l'écoute. Comme si sa force à elle pouvait aider la vieille dame à avancer. De parole en parole. Et en même temps elle a peur. Parce que c'est elle qui a fait le portrait. Elle qui réveille, par son travail, tout ce qui peut-être avait trouvé l'oubli, la paix.

Anna a la voix qui tremble par moments. Elle dit comment après la mort de Claire, elle était rentrée, comment elle avait cru qu'elle ne parviendrait jamais à attendre le corps de sa fille, à accomplir les formalités interminables pour qu'elle ait le droit de reposer ici, près d'elle.

J'ai haï son père, oui. J'aurais voulu que ce soit lui, là, dans le cercueil, sous la terre. Pas elle ! Et j'ai eu peur de ma haine. Elle me prenait si fort. J'aimais toujours cet homme. C'est cela qui augmentait la haine. Il m'arrivait de rêver qu'il était là, dans mon lit, que je le touchais. Je me réveillais affolée par ce que mon corps me faisait vivre. Je suis une femme fidèle, voyez-vous. Je n'y peux rien. C'est mon corps qui est fidèle. C'est comme ça. L'empreinte du corps d'Octave ne me quittait pas. Je le désirais toujours. Et j'avais honte. C'est comme ça. J'ai vécu tiraillée longtemps. Je suis une bonne chrétienne, il a dû vous le dire. Eh bien j'ai souhaité qu'il meure, encore et encore. Et je me suis confessée et rien n'y a fait. J'ai arrêté d'aller à l'église. Je ne me sentais plus digne de rien.

Et puis j'ai rencontré Franz et ç'a été mon miracle. Lui, il a réussi à me faire oublier. Parce qu'il ne me demandait rien. Simplement il était là. On travaillait ensemble. Je n'ai pas vu venir l'amour et c'est tant mieux, j'aurais fui. Franz est toujours resté mon ami même s'il est devenu aussi mon amant.

Anna s'est retournée.

Vous avez su faire le portrait de Claire. Je n'ai pas pu le regarder tout de suite. Seulement hier soir. Je suis restée longtemps éveillée cette nuit. Je dors par intermittence maintenant. J'avais gardé ma lampe allumée pour voir le portrait quand je rouvrais les yeux. À chaque fois j'avais l'impression qu'elle était là et qu'elle me regardait, qu'elle veillait sur moi. C'était juste sa présence. Comment avez-vous fait ? Je n'ai laissé là-bas qu'une seule photo. Il n'y a plus rien d'elle.

Hélène dit doucement Il y a son père.

Elle a peur des mots qu'elle vient de prononcer. Peur qu'Anna ne lâche le fil qui les relie toutes les deux. Mais le regard d'Anna ne se détourne pas et Hélène continue. Elle parle de la grande maison, de la première fois qu'elle y est entrée. Elle dit le premier dessin, et ce qui peu à peu a pénétré sa vie à elle, avec la photographie qu'elle scrutait chaque jour. Elle dit qu'Octave Lassalle porte en lui toujours l'empreinte de sa fille et que c'est lui aussi qui lui a transmis Claire. Elle a juste accepté de se laisser empreindre, peu à peu, et de poursuivre son travail. Jusqu'à la nuit où le temps s'est ouvert, cette nuit où elle a rencontré le regard de Claire, où elle a pu enfin faire œuvre.

Anna pose sa main sur celle d'Hélène.

Quand elle reprend la parole, elle parle des jours qui ont précédé son départ de la grande maison. Elle dit J'étais dans ce qu'on appelle la furie. Vous savez, la furie des Grecs, celle qui est dans toutes les tragédies. Je ne pouvais plus m'arrêter. Il fallait que je bouge. Tout le temps. Comme si mon mouvement pouvait faire équilibre avec la rigidité qui avait pris ma fille.

Elle a la voix plus basse quand elle continue.

J'ai voulu tout emporter. Tout. Mais je n'ai pas pu toucher à la petite cabane du jardin. C'est lui qui la lui avait aménagée. Alors j'ai voulu tout remettre comme c'était quand elle était petite, quand on rêvait encore d'avoir plein d'enfants ensemble. Je voulais qu'il y ait un lieu qui se rappelle tout ça. Comme une photo de ce temps-là. Et j'ai trouvé le journal de Claire. C'est comme ça que j'ai appris…

Hélène a la gorge serrée. Les feuilles du journal sont dans son sac, là, à portée de main. Elle ne sait plus quoi dire. Mais Anna continue.

J'ai laissé le journal exprès. Je voulais que lui aussi sache. Tout.

La vieille dame se tait un long moment. Puis elle reprend Je crois que j'ai espéré qu'il en meure, lui aussi.

Elle soupire longuement. Puis elle ajoute Voilà.

Hélène, à ce moment précis, sait qu'elle ne lui dira pas ce qu'est devenu le journal de Claire. Elle lira les feuilles qui sont les siennes désormais. Elle les lira dans l'avion, au retour. Ce sera une lecture entre ciel et terre.

Quand elle prend congé d'Anna, c'est par le regard croisé, par les mains serrées. Il n'y a pas de mot.

La vieille dame de la maison verte ne saura jamais que Béatrice Benoît a déchiré lentement, scrupuleusement, chaque feuille du journal qui lui était échue, en haut du mont. Elle a tout lu. Elle sait. Elle n'en parlera jamais. Si l'un des trois autres lui demande, elle révélera. Mais en faisant promettre que jamais Octave ne doit savoir. Quand on peut protéger quelqu'un du malheur, on grandit. Elle a grandi d'un coup.

Elle a égrené les morceaux du journal en descendant du mont tout au long de son chemin.

Claire n'avait aucune chance de s'en sortir. Elle devait périr sous la main de son père. Ou celle de son amant, celui à qui son père ignorant avait confié sa vie. Aucun de ces hommes n'aurait pu la sauver. Ils l'aimaient trop. Et pour sauver, Béatrice le sait depuis toute petite, l'amour ne suffit pas.

Béatrice ignore que Claire, dans les pages de son journal, a déjà nommé son amant, bien avant, qu'Hélène aussi a lu le nom. Sur l'écran qui donne la position de l'avion, elle a vu qu'ils étaient en train de survoler l'océan et elle a pensé à tout ce qu'il y a au fond des mers. Elle a fermé les yeux.

Peu à peu elle a senti l'envie de se remettre au travail. Elle a regardé ses mains qu'Octave puis Anna avaient serrées si fort. Elle a su qu'elle ne rappellerait pas Jean.

La vie dans la grande maison a repris son cours après le retour d'Hélène. Les liens subtils se sont resserrés.

L'après-midi, quand Hélène arrive, c'est au portrait d'Octave qu'elle travaille désormais. Il lui a fait cette demande le jour même où elle est revenue, sa mission accomplie, et elle a dit oui. À nouveau c'était une évidence.

Maintenant ils vivent ce que vivaient il y a des siècles les peintres du Fayoum et leurs modèles. Dans la grande maison, les séances de pose sont silencieuses.

Hélène en sort épuisée et plus consciente chaque fois qu'elle vit de jour en jour un enseignement rare. De vivant à vivant.

Pour chacun des quatre, cet enseignement. Pour chacun d'une façon différente.

Le soir, Octave Lassalle écrit. Les souffles endormis dans la grande maison bordent sa nuit. C'est un temps où son oreille perçoit chaque bruissement. La maison respire doucement. Lui il a en tête les arbres, ou les vagues lointaines qui recouvraient la route blanche. Parfois rien.

Il n'est pas retourné dans la cabane de Claire.
Il ne verra jamais sa tombe.

Quand Hélène aura fini mon portrait je lui commanderai celui de Marc puis celui de Yolande et celui de Béatrice.

Le chagrin a été ma seule boussole si longtemps. Maintenant ils sont là, tous les quatre. C'est la seule carte du monde à laquelle je puisse me fier. Une carte, mouvante, vivante.

J'ai lu et relu l'Ecclésiaste. Je peux envoyer mon exemplaire à Mme Lemaire en cadeau. Je ne le lirai plus.

C'est dans mon sang maintenant "vent tout est promesse de vent".

Le vent peut souffler.

Les haïkus cités dans le texte sont extraits de *Haïku*, publié sous la direction de Roger Munier et préfacé par Yves Bonnefoy (Éditions Pauvert, département de la librairie Arthème Fayard, 1962 et 1979).

p. 46 : Issa in *Haïku,* Fayard, coll. "L'Espace intérieur" dirigée par Roger Munier.

p. 123 : Sushai, in *Haïku,* id.

p. 123 : Bashô, in *Haïku,* id.

p. 135 : Issa, in *Haïku,* Fayard, id.

REMERCIEMENTS

Mes remerciements vont à Guillaume Bourain et à Florence Robert.

Je remercie aussi Bryan Parrish pour l'Ecclésiaste.

Enfin je remercie aussi celles et ceux de Montréal qui m'ont accueillie si chaleureusement en résidence.

DU MÊME AUTEUR

ROMANS, NOUVELLES, RÉCITS

Ça t'apprendra à vivre, Le Seuil, 1998 ; Denoël, 2003 ; Babel, nº 1104.

Les Demeurées, Denoël, 2000 ; Folio, 2002 (prix Unicef 2001, Prix du livre francophone 2008 Lituanie).

Un jour mes princes sont venus, Denoël, 2001.

Les Mains libres, Denoël, 2004 ; Folio, 2006.

Les Reliques, Denoël, 2005 ; Babel, nº 1049.

Passagers, la tour bleue d'Étouvie, Le Bec en l'air, 2006.

Présent ?, Denoël, 2006 ; Folio, 2008.

Laver les ombres, Actes Sud, 2008 (Prix du livre en Poitou-Charentes) ; Babel, nº 1021.

Les Insurrections singulières, Actes Sud, 2011 (prix littéraire des Rotary Clubs de langue française, prix Paroles d'encre, prix littéraire de Valognes, Prix du roman d'entreprise, prix du Scribe et prix des Mouettes) ; Babel, nº 1152.

JEUNESSE

Parmi lesquels :

Samira des Quatre-Routes, Flammarion Castor-Poche, 1992 (Grand Prix des jeunes lecteurs PEEP 1993).

Quitte ta mère, Thierry Magnier, 1998.

Si même les arbres meurent, Thierry Magnier, 2000 (Prix du livre jeunesse Brives 2001).

La Boutique jaune, Thierry Magnier, 2002 (prix Leclerc du roman jeunesse 2003).

Une heure une vie, Thierry Magnier, 2004.

Le Ramadan de la parole, Actes Sud, 2007.

Une histoire de peau, Thierry Magnier, 2012.

Vivre c'est risquer, Thierry Magnier, 2013.

ALBUMS

Le Petit Être (illus. Nathalie Novi), Thierry Magnier, 2002.

Prince de naissance, attentif de nature (illus. Kathy Couprie), Thierry Magnier, 2004.

TEXTES POÉTIQUES

Naissance de l'oubli, Guy Chambelland, 1989.

Comme on respire, Thierry Magnier, 2003 ; nouvelle édition, 2011.

Notre nom est une île, Bruno Doucey, 2011.
Il y a un fleuve, Bruno Doucey, 2012.

THÉÂTRE
Marthe et Marie, chorégraphie Carol Vanni. Création Théâtre du Merlan, Marseille, 2000.
L'exil n'a pas d'ombre, mise en scène Jean-Claude Gal. Création Théâtre du Petit Vélo, Clermont-Ferrand, 2006.
Je vis sous l'œil du chien suivi de *L'Homme de longue peine*, Actes Sud-Papiers, 2013.

OUVRAGE RÉALISÉ
PAR L'ATELIER GRAPHIQUE ACTES SUD
REPRODUIT ET ACHEVÉ D'IMPRIMER
EN MARS 2013
PAR NORMANDIE ROTO IMPRESSION S.A.S.
61250 LONRAI
POUR LE COMPTE DES ÉDITIONS
ACTES SUD
LE MÉJAN
PLACE NINA-BERBEROVA
13200 ARLES

DÉPÔT LÉGAL
1re ÉDITION : JANVIER 2013

N° impr. : 130982
(Imprimé en France)